# Kurbetrieb

Jörg Ingenpaß

Bericht

*Für Onkel Arno*

## Der Autor

ist im Ruhrgebiet aufgewachsen und hat lange und erfolglos Mathematik und Informatik studiert. Später dann auch noch Anglistik und Kunstwissenschaften oder Romanistik und Musikwissenschaften. So genau weiß er das nicht mehr. Denn das Studium galt nur der Möglichkeit an ein günstiges Ticket für den ÖV zu gelangen. Seit 1995 arbeitet er in der IT, was ihm neben geistiger Verödung ein Burn Out und somit einen Reha-Aufenthalt in Nordsachsen beschert hat.

## Der Bericht

ist ein Tagebuch dieses Aufenthaltes. Da er nicht sehr lang ist, soll er an dieser Stelle auch nicht zusammen-gefasst werden.

# Prolog

Als nach beinahe einem Dreivierteljahr der Briefum-
schlag mit einem Inhalt von nahezu einhundert Seiten an
Informationen, Vorschriften und auszufüllenden Formu-
laren ins Haus flattert, bin ich gleichermaßen froh, ob der
Zusage für eine Rehabilitation, als auch geschockt,
aufgrund des Umfangs. Schnell schlägt aber die Freude in
Zweifel um, denn das Programm reicht von Nordic
Walking über gemeinsames Basteln bis hin zum Heiltanz.
Ersteres würde ich vielleicht in dreißig Jahren machen,
wenn ich dann noch lebe und nicht mehr freihändig laufen
kann, letzteres nie. Meine Annahme geht dahin, daß nach
dem Heiltanz gemeinsam ein Enneagramm ausgemalt
und Schädel und Nase vermessen werden. Auch für das
Basteln habe ich schon Vermutungen, die etwas mit
Seidenmalerei oder Töpfern zu tun haben und ich würde
tragischerweise tatsächlich Recht behalten. Meine
Bedenken trage ich Freunden und Familie vor, die
allesamt meinen, ich solle doch nicht so negativ und
kritisch sein. Negativ-sein war sozusagen der Hauptgrund
meiner Kur. Psychosomatische Beschwer-den aufgrund
Akzeptanzproblematiken. Aber wieso muss man
eigentlich immer und allzeit Scheiße akzep-tieren? Egal:
Der Rest der Vorbereitung läuft über-raschenderweise

recht fluffig: Ich bekomme Gutscheine für die Gepäckabholung und die Fahrt mit der Deutschen Bahn AG zugeschickt und das Gepäck wird auch pünktlich abgeholt. Selber hätte ich es schließlich kaum transportieren können, denn die Pflichtmitnahmeliste übersteigt alles Menschenerdenkbare: Ein Bademantel wird verlangt, den ich im Vorfeld von meinem Vater abstauben konnte. Seit dem sechsten Lebensjahr hatte ich gar keinen mehr besessen. Dieser füllt dann auch bereits zwanzig Prozent des Rauminhaltes des ersten Koffers. Weiter geht es mit Badehosen, wo ich doch selbst an der Ostsee nicht ins Wasser gehe. Es folgen Wanderschuhe, Sportanzug und Hallenturnschuhe, die ich mir auch extra anschaffen musste. Somit hatte mir die Kur schon vor Beginn irrsinnige Einstiegskosten von über dreihundert Euro beschert.

**Tag 1, Donnerstag**

Die Hinfahrt ist problemlos. Die von der Rentenkasse bereitgestellten Tickets sind korrekt ausgefüllt und der ICE ins Nazibundesland Nummer Eins fährt pünktlich los. Störend ist, daß ich am Vortag eine neue Kreditkarte erhalten habe und mir die neue PIN nicht bekannt ist –

aber was soll man auch im Arsch der Welt mit einer Kreditkarte? Weiter und hartnäckiger störend ist, daß ab nachts um eins mein Mobiltelefon kein Netz mehr hatte. Mein Betreiber hatte mir eine neue SIM-Karte zugeschickt und der Vertrag läuft ab Abreisedatum. Hier fehlt mir ebenfalls die PIN und so bin ich digital komplett obdachlos. Die alte SIM stellt kein Netz zur Verfügung und die neue SIM lässt keine Anmeldung zu. Da ich auch recht früh losfahren musste, ist mein Kreislauf ohnehin noch wackelig und so ziehe ich es vor, im ICE zu schlafen, statt mich mit Telefonieproblemen zu befassen. Ich schlafe also ein und werde eine Stunde später mit Halsschmerzen wach. Ich hoffte, daß ich die nette Frau aus Karlsruhe auf dem Nachbarsitz nicht allzu heftig vollgeschnarcht habe. In Leipzig heißt es umsteigen. Ich bin überrascht, daß der Leipziger Bahnhof 26 Gleise hat – mehr als Berlin. Mir fällt das Leipziger Messelied der FDJ ein, in dem es heißt „...ja, die Leipz'ger Messe ist das größte Kaufhaus in der Welt!" Irgendwas ist da wohl dran. Mit dem Regionalexpress RE50 geht es weiter nach Dahlen. Von dort mit einem kurbetriebseigenen Bus in die Dahlener Heide nach Schmannewitz. Zehn Kilometer ins Nichts. Dann sind wir da: Die Kurklinik ist ein Gebäude aus den Neunzigern und im Grundriss überwiegen stumpfe Winkel, alles ist sechseckig geschnitten. Die Wände sind weiß und so komme ich mir vor wie in einer Mischung aus Krankenhaus und Hotel. An einigen Orten gibt es Holz, so zum Beispiel zwei Einlassungen in Gangwänden, mit Postfächern. Diese sind aus hellem Holz, vielleicht Ahorn. Der Bodenbelag ist ein Kurzflor. Auch hier überwiegen Hundertzwanzig-Grad-Winkel im Muster. Wäre das Muster spiegel-verkehrt, würde man lauter SS-Zeichen erkennen kön-nen. Es finden sich etliche Rot-Nuancen im Teppich: Von hellem lachsrot über persisch-rot und Korallentönen bis zu dunklerem karminrot, rubinrot und burgund. Alles ist sehr dezent gehalten. Das Foyer geht in eine Cafeteria über, die ein gläsernes Dach hat, so daß alles in einem morgendlichen Licht liegt. Hinter dem Eingang im Foyer ist direkt der Empfang, an der zwei Damen mittleren Alters freundlich lächelnd in der Art Berufsbekleidung sitzen, wie man sie auch vom Empfang einer Klinik kennt. Beide sprechen sächsisch. Ich muss mich konzentrieren, um mitzukommen, was nun Sache ist, denn jetzt kommt der Check-In.

Nach zwei Stunden bin ich soweit, daß ich wieder nach Hause fahren will: Zuerst händigt man mir die Schlüssel für das Zimmer und das Schließfach aus – bei Verlust kämen 500 Euro Kosten auf mich zu. Ich schlucke und unterschreibe. Ob die Schlüssel aus einer Platinlegierung sind? TV kostet einen Euro für einen Tag. Ich schlucke erneut. Der Fernseher misst achtzehn Zoll. Ich verzichte, nachdem ich feststelle, daß ich meinen Laptop nicht mit dem Fernseher verbinden kann. WLAN fünf Euro die Woche und dazu ist es lediglich im Foyer und in der Cafeteria verfügbar. Ich schlucke abermals. Also muss ich mit dem Laptop zum Nachrichten lesen immer ins Foyer oder in die Cafeteria. Der Milchkaffee, den es dort vom Automaten gibt, bedeckt grad mal den Boden meiner mitgebrachten Tasse und reicht für ungelogen drei Schlucke. Ich überschlage, daß eine ganze Tasse, von der ich täglich drei trinke, mich neun Euro kosten würde. Also für 27 Euro Kaffee pro Tag. Da hätte ich auch in einem Vier-Sterne-Hotel in Paris einchecken oder Douwe-Egberts komplett aufkaufen können. Wäsche waschen dreifünfzig, ein Waschmittel-Tab fünfzig Cent, trocknen einsfünfzig und zudem Pflicht, denn Wäsche auf dem Balkon trocknen ist untersagt. Privater Besuch auf dem Zimmer: Untersagt. Alkohol: Untersagt. Rau-chen: Untersagt, was mich speziell nicht stört. Ich erinnere mich in diesem Moment an das Buch, das ich neulich über Strafvollzug in den Siebzigern gelesen habe. Dort war auch alles verboten.

Ich betrete mein Zimmer, welches wie ein Hotelzimmer, der Best-Western-Gruppe erscheint: Auch hier finde ich als Einrichtung helle Holztöne. Es gibt Kleiderschränke im Umfang, wie ich es von zu Hause kaum kenne (vier große Türen für mich allein!), Bett, einen Schreibtisch, zwei kleine runde Beistelltischchen. Der Teppich hat dasselbe Muster, wie im Foyer und in den Gängen, nur findet man hier allerlei Grüntöne, angefangen von hellen Mint- und Limettentönen über frischen lind- und apfelgrün, einem Jadeton bis hin zu dunklem seegras-grün, tannengrün und oliv. Das Fenster ist riesig, der Balkon bietet allenfalls für zwei Personen Platz und vorm Balkon steht eine Eiche von vielleicht sechs Metern Höhe. Das Bad hat ein WC, Waschbecken und eine Dusche, die barrierefrei zu betreten ist. Ist ja klar - wir sind ja in einer Klinik. Ich steige unter die Dusche, denn ich habe auf der Hinfahrt nicht wenig geschwitzt und will dem untersuchenden Arzt meinen Körpergeruch ungern zumuten. Nachdem ich das Bad verlassen habe, läuft die Umluft noch Ewigkeiten weiter. Später habe ich mal die Zeit gestoppt: Acht Minuten! Ich ziehe an der Kordel, um sie abzuschalten, doch die Lüftung saugt weiter unbarm-herzig alle Luft aus dem Zimmer. Ich habe mit dem Ziehen der Kordel, ohne es zu wissen, den Alarm ausge-löst und kurz drauf kommt eine Schwester vorbei, die meint, dass es ja mein erster

Tag und ich somit ent-schuldigt bin. Zwei Minuten später ruft eine weitere Schwester an und erzählt mir dasselbe. Um halb zwölf gehe ich recht motivationsfrei und ohne jede positive Erwartung zum Mittagessen. Der Speisesaal ist so riesig wie die Kantine unserer Hauptniederlassung in der Firma. Er fasst bestimmt über zweihundert Menschen, die an Vierertischen Platz haben, die in gradlinigen Reihen angeordnet sind. Jeder Tisch und jeder Platz hat eine Nummer. Ich habe 12-3. An meinem Tisch sitzen drei weitere Rehabilitanden: Mir gegenüber eine Polin aus Leverkusen von vielleicht sechzig Jahren, die zwar einen fröhlichen, aber doch eher verschlossenen Ein-druck macht. Neben ihr eine Erfurterin in etwa gleichem Alter, die Roswitha heißt und auf mich einen - wie soll ich sagen - netten, zünftigen Eindruck macht. Neben mir ein Typ um die vierzig, der Unmengen isst und kaum spricht. Insbesondere mich scheint er auch gar nicht wahrzunemen. Sprecher ich ihn an, antwortet er Ros-witha zugewandt. Egal. Bekloppte gibt's ja immer. In der Mitte des Saales befindet sich das Buffet. Ein recht-eckiger Klotz von vielleicht drei mal vier Metern. Dane-ben nochmals ein kleineres Buffet, wie aus zusam-mengestellten Tischen, an dem es Suppe gibt. Eine ge-samte Längsseite besteht aus Fenstern und man kann hinaus auf die Wiese schauen. Auf dem Essensplan sind die Portionen mit 450 bis 500 Kilokalorien ausgezeichnet. Mitnahme von Essen aufs Zimmer: Verboten. Mitbringen von Essen in den Speisesaal: Verboten. Ich fragte mich, ob Verbote eine Genesung begünstigen. Mittags habe ich dann zwei Gespräche mit Ärzten, die ich überraschenderweise als ausnahmslos positiv empfinde. Der Stationsarzt, Oberarzt Doktor Schultz, ist ein Sachse um die fünfzig, der die gesamt Zeit zwar ernst daherkommt, aber trotzdem schmunzelt. Er ist der Meinung, daß ich doch schon viel über mein Problem verstanden hätte und nun nur noch daran arbeiten müsse, daß man eben jede Menge Scheiße zu akzeptieren hat. Ich solle doch einfach alles mit mehr Gleichgültigkeit hinnehmen. Das Gespräch dauert über eine Stunde und ich fühle mich tatsächlich sehr verstanden. Danach geht es zur Psychologin. Die betreuende Therapeutin, Frau Ebeling, ist um die dreißig, superfreundlich und erzählt mir, daß auch sie in der Klinik ähnliche Probleme hätte. Sie könne kaum Menschen helfen, sondern fülle nur Papiere aus. Gleichgültigkeit hält sie für den falschen Weg, vielmehr solle man daran arbeiten, Positives zu sehen und mehr Achtung zukommen zu lassen. Sie kündigt an, daß ich am kommenden Morgen meinen Therapieplan im Briefkasten hätte. Meine Laune bessert sich und hält an, obwohl für das Angebot des Abendessens, welches recht übersichtlich ist, Schmal-hans wohl Küchenmeister war. Wegen des Alkoholver-botes nehme ich mir verbotenerweise eine Buttermilch mit aufs Zimmer und schlafe zügig ein.

## Tag 2, Freitag

Um halb sieben schellt der Wecker, da ich um sieben Blut abgenommen bekommen soll. Danach zum Frühstück, was deutlich reichhaltiger ausfällt, als das Abendessen am Vortag, was aber auch keine Kunst ist. Und auch wenn es weder anständiges Müsli, noch Haferbrei gibt, sondern nur Kellogs Cornflakes mit neudeutschen Cerealien, wie Sonnenblumenkernen oder Leinsamen, so ist der Rest wie Schnitt- und Frischkäse annehmbar. Und man kann ja bekanntermaßen ohnehin nicht alles haben. Nach dem Frühstück geht es weiter zum Blutdruck-messen. Wieder 70 zu 130, so wie bei der ersten Untersuchung gestern. Dreimal schaue ich tagsüber in den Briefkasten – kein Therapieplan. Hatte man mich vergessen? Ich lade den Akku meines Laptops und mache mich auf den Weg in die Cafeteria. Ich lese die FAZ, dann den Tagesspiegel. Meine Lieblingszeitung, die Süddeutsche – hebe ich mir für den Schluss auf und muss mit Entsetzen feststellen, daß sie ihr

Zugriffskonzept geändert haben. Ohne Abo gibt es nur noch zehn Artikel wöchentlich. Das auch noch! Dann sehe ich meine Mails durch. Ein Bekannter bittet mich, eine Bezahlung für ihn mittels PayPal zu tätigen und beim Versuch gibt es ein Verifizierungsproblem. PayPal meint, sie würden mich daheim anrufen wollen und ich soll dann die 4726 eintippen. Wieso sind die sich verdammt nochmal sicher, daß ich zu Hause bin? Und wieso kann ich die Verifi-zierung nicht umstellen auf Frage nach dem Mädchen-namen meiner Mutter? Ich wiederhole das Loginpro-zedere, hoffe bei einem Neuversuch auf die Frage nach dem Geburtsdatum meines vierten Haustieres und abermals will man mich anrufen und ich soll die 8493 eingeben. Was für ein unsäglich blöder Mist! Mittags stelle ich dann fest, daß ich mit der neuen SIM-Karte meines Handys, die ich inzwischen habe freischalten können, nicht ins Festnetz anrufen kann und auch nicht ins Internet komme, dabei hätte ich dringend mit meiner Bank über meine neue Mastercard, die ich nicht nutzen kann, sprechen wollen. Manchmal ist der ganze neumodische Kram einfach nur hinderlich. Ich erinnere mich, daß ich noch das Buch *Technological slavery* habe kaufen wollen. Werde ich dann nach der Kur machen. Trotzdem macht mir all dies bedeutend weniger aus, als Qualitätskontrollmaßnahmen, Abnahmetests und anderes Formulargedöns. Gelobt sei, was gleichgültig macht und weder verschreibungspflichtig ist, noch unter dem Betäubungsmittelgesetz steht.

Nachmittags leiste ich mir zwei Milchkaffee und lese. Um kurz vor fünf ruft dann Schwester Cindy an, um mir mitzuteilen, daß ich wohl das Blutdruckmessen vergessen hätte. Cindy: Kommt die aus Marzahn? Nach den beiden Kaffees habe ich dann 80 zu 140 bei einem Puls von 74. Nach dem Abendessen schaue ich zum achten Mal an dem Tag ins Postfach und habe einen Therapie-plan fürs Wochenende: Samstag – 7:15 Blutdruck messen, Sonntag – 7:15 Blutdruck messen. Wenigstens kann man fast ausschlafen. Das ist ja mal nicht nix, was?

Abends stelle ich mir meinen Laptop auf das Fernseh-tischchen, nachdem ich den Fernseher selbst – da ich ihn ja nicht benutzen kann – in den linken Kleiderschrank verfrachtet habe. Ich hole meine Festplatte aus dem Wertfach des Kleiderschranks – ein abschließbares Fach für persönliche und wertvolle Dinge – und schließe sie an. In Gedanken beschäftige ich mich bereits, ob ich es heute lieber retro hätte mit den *Straßen von San Francisco* oder doch lieber mit *Haus des Geldes* beginne. Nach kurzer Zeit wird mir klar, daß es möglicherweise mit keins von beidem was wird. Die Platte wird nicht erkannt. Ich schließe sie an einen anderen Port an. Wieder nichts. Ich tausche das Kabel, was auch nicht hilft. Ich überlege, wie es wäre, fünf Wochen komplett ohne das Medium Film dazustehen. Fünf Wochen lesen und schreiben. Das könnte mitunter auch eine etwas dröge Erfahrung werden. Ich nehme mein Taschen-messer und breche das Gehäuse der Festplatte auf, fummele die Platte und den Controller heraus und schließe sie dann an den Laptop an. Der zweite Versuch ist von Erfolg gekrönt und ich kopiere Stück für Stück die Filme und Serien auf den Laptop, in der Reihenfolge in der sie mir am wichtigsten erscheinen. Währenddessen trinke ich meine Buttermilch und lese ein wenig. Den Laptop fasse ich während des Kopiervorgangs nicht an. Zu groß scheint mir die Gefahr, daß es erneut Probleme mit der Platte gibt. Nach einiger Zeit bricht der Kopiervorgang ab und das war es dann auch mit der Platte. Jegliche Reanimation bleibt ohne Erfolg. Exitus. Ich überlege, ob ich sie direkt entsorgen soll. Da ich aber nicht weiß, wo nun der Fehler liegt, werfe ich lediglich das verhunzte Gehäuse in den Müll und lege Festplatte in das Wertfach.

**Tag 3, Samstag**

Beim Frühstück bin ich heute der einzige am Tisch. Bei der Polin aus Leverkusen gegenüber ist abgedeckt. Sie hatte gestern Abend bereits angekündigt, nicht zu erscheinen zu wollen. Die anderen beiden schlafen wohl noch. Da ich aber um viertel nach sieben zum Blutdruck messen erscheinen muss, bin ich bereits um sieben Uhr zwanzig am Tisch. Danach werfe ich einen Blick ins Foyer, was völlig verwaist daliegt und beschließe – an einem schönen, ruhigen Samstagmorgen – in Ruhe die guten und die schlechten Nachrichten des Tages zu lesen. Leider muss ich enttäuscht feststellen, daß die Login-Seite der Klinik nicht verfügbar ist. Nach der zweiten Fehlermeldung wegen Zeitüberschreitung, gebe ich entnervt auf und latsche zurück auf mein Zimmer. Das verwaiste Foyer hat also durchaus seinen Grund.

So nehme ich mir vor, ins Dorf zu fahren, aber durch den unglücklichen Zeitplan des Busses, der am Wochenende nur zu jeder ungeraden Stunde verkehrt, wäre dadurch mein Mittagessen gefährdet. Auf fünfhundert Kilokalorien zu verzichten wäre hier glatt lebensgefährdend. Zumal mir durch den gewohnten Alkoholverlust ohnehin jeden Tag etwa tausend Kilokalorien fehlen. Für den Nachmittag habe ich einen langen Spaziergang in der Heide geplant, aber auch damit wird es nichts. Denn entgegen meinem Therapieplan, hat man mir ein nachmittägliches Blutdruckmessen verordnet, welches den Nachmittag ganz unsensibel in zwei Hälften teilt. So bleiben mir zur Freizeitaktivität die Zeiten zwischen neun und halb zwölf, halb eins bis drei und vier bis halb sechs. Ich habe also quasi niemals mehr als zweieinhalb Stunden für eine eigene Planung zur Verfügung. Ich nenne sowas Schikane, die Ärzteschaft dagegen Tagesstruktur.

Zum Mittagessen gibt es heute eine sächsische Gemüsesuppe mit angeblich 470 kcal. Ich denke, diese Suppe kann die Niere komplett alleine verstoffwechseln. Die Feststoffe waren abgezählt, die Veggiewurst misst knapp vier Zentimeter Länge. Wie man danach Asylanten verdreschen kann, ist mir schleierhaft.

Grade eben habe ich mir meinen ersten Nachmittags-Milchkaffee geholt. In der Cafeteria bekommt man den zum Spottpreis von zwei Euro und meine Tasse ist sage und schreibe halbvoll. Bei dieser Gelegenheit, habe ich einen Blick auf das Angebot der Zeitschriften und Zeitungen geworfen und möchte es gerne erwähnen: Keinen *spiegel*. Dafür aber diverse *So-und-sos der Frau, Blitz Illu* und Rätselhefte und um sich die Tagesereignisse vor Augen zu führen die *BILD*, sowie die *Oschatzer Allgemeine* (wie, die kennt Ihr nicht?) und die *Sächsische Zeitung*. Als ich zurückkomme ist 13:41 und ich muss zum Klo pinkeln. Die Suppe ist durch, ich habe wieder Hunger.

Natürlich habe ich mir einige Bücher mitgenommen. Aber irgendwie ist das Buch, welches ich mir für den Start ausgeguckt habe, nicht so recht das, was ich erhofft habe: Jonathan Franzen's *Unschuld*. Eigentlich schon vom Titel ein Fehlgriff, denn das Original heißt *Purity*, was ja wohl eher für *Reinheit* steht. Der Klappentext ist schnell erzählt – Pip, eine 23-jährige Amerikanerin, ist auf der Suche nach ihrem Vater. Ihre alleinerziehende Mutter hat jegliche Auskünfte verweigert. Pip fängt bei einer Enthüllungsplattform des Ostdeutschen Thorsten Wolf ein Praktikum an, der zu DDR-Zeiten Jugendliche in Not beraten hat. Leider sind beide Hauptcharaktere für mich völlig unglaubwürdig. Vor allem Thorsten Wolfs DDR-Zeit erscheint mir hanebüchen. Er lebte im Keller einer Kirche und hofft auf junge, weibliche Problemfälle, denen er neben Beratungsgesprächen auch die Muschi lecken kann. Auch Pips Geschichte finde ich an den Haaren herbeigezogen und so breche ich das Buch nach 150 Seiten ab. Auf den kommenden 650 Seiten kann es eigentlich nicht charmanter werden. Ich hatte mal gelesen, daß Herr Franzen nach seinem letzten Roman – *Frei-*

*heit* – eine Zeit in der psychiatrischen Klinik zubringen musste. Keine Ahnung – da scheint irgendwas schiefgelaufen zu sein. Ich hätte nach *Die Korrekturen* und *Freiheit* einen weiteren Roman über den Zerfall dysfunktionaler Familien eher goutiert. Franzen kommt in den linken Schrank, wo ich alles unterbringe, was ich bis zur Abfahrt nicht mehr benötige, wie VGA-USB-Adapter, Chinch-Kabel, Fernseher oder die in zwei Exemplaren im Zimmer ausliegenden Klinikinformationen, die zum Großteil aus Verbotslisten bestehen.

Da Herr Franzen in seinem Roman auch stets deutsche Eigenschaften etwas merkwürdig hervorgehoben hatte (schließlich ist einer der Protagonisten ja DDR-Bürger und auch ein Teil des Romanes – hätte ich weitergelesen – spielt anscheinend in Düsseldorf oder sonstwo in der Republik), nehme ich mir als nächstes etwas rein Deutsches vor. Von der Gegend passt es auch ganz auch gut, denn schließlich hat sich meines Wissens – auch wenn ich Geschichte nie der Beste war – der dreißigjährige Krieg eher in Mitteldeutschland als in Duisburg oder Gelsenkirchen zugetragen. Also nehme ich den nächsten 800-Seiter aus dem Schrank. Eine deutsche Übersetzung aus dem mittelhochdeutschen Simplicissimus. Mal schauen, wie lange ich das durchhalte. Mein guter Freund Horst hatte mir gesagt, er hätte sich damit prächtig amüsiert. Aber was heißt das schon, wenn man weiß, daß er ansonsten seit Jahren nur Tolstoi, Chechov, Dickens und mir sehr suspekte englische Literaten des siebzehnten Jahrhunderts liest? Er selbst hat mir dies sogar fast wörtlich anbei gesagt.

**Tag 4, Sonntag**

Heute – am Sonntag – ist der vierte Tag. Mein Klopapier geht langsam zur Neige und bis auf letzten Freitag, hat sich noch keine Reinigungskraft blicken lassen. Damit ich nach dem Klogang nicht meine Finger nutzen muß, suche ich eine der öffentlichen Kliniktoiletten auf dem Gang auf und stibitze eine Rolle. Das Toilettenpapier ist ohnehin eine Nummer für sich: Es erinnert mich an das graue, längst geriffelte Klopapier, daß man in den Siebzigern in Kneipen hatte. Mich würde interessieren, wie die älteren Semester hier, die bereits Hämorrhoidensalbe im Gepäck haben, dazu stehen. Für die ist hier das große Geschäft bestimmt eine kleine Herausforderung.

Hatte ich eigentlich schon etwas über die anderen Gäste erzählt? Etwa achtzig Prozent der Gäste oder Patienten oder Rehabilitanden, wie man sie hier nennt, sind sechzig plus, wobei das plus zu wiederum achtzig Prozent mindestens zehn Jahre sind. Raucherbeine, ausgetauschte Gelenke, Hüftbrüche und eben Psychos, wie ich einer bin. Bei den insgesamt etwa zweihundert Rehabilitanden kommt man also auf ungefähr ebenso viele Gehhilfen, was der Ursache geschuldet ist, daß neben Psychos insbesondere und ausschließlich Orthopädie-opfer anwesend sind. Das verbleibende Fünftel – also etwa achtzig Rehabilitanden – sind Leute um die fünfzig oder jünger, die meisten dann doch schon deutlich in der zweiten Hälfte der Vierziger. Ich möchte keinen dieser jüngeren Menschen wirklich kennenlernen, denn neben Frauen, die ich allesamt als Tussen oder vielleicht besser als Rehabilitanten bezeichnen würde, die eine vordere Strähne ihrer grauen Matte keck rot gefärbt haben, handelt es sich multipel tätowierte Sportlertypen, die mir komplett suspekt sind. Fast alle sprechen sächsisch (auch die sechzig-plus-Rehabilitanden) und schaut man sich die Tattoos an, so vermutet man politische Blind-gänger allenthalben. Zwei haben das bereits durch Frei.Wild- und Böhse-Onkelz-T-Shirts bestätigt (*Viva los tioz* und *Fanz united*), wobei ich wohl froh sein darf, daß es kein Stahlgewitter- oder Landser-T-Shirts waren, sondern eben nur die lieben, bösen Onkelz. Vielleicht sollte ich sie im Gegensatz zu den Rehablitanten dann fairerweise als Rehabilionkelz bezeichnen. Ich bereue es, mir nicht doch noch vorher ein T-Shirt mit dem *aufRAFfen!*-Signet habe drucken lassen. Jedenfalls weiß ich nun, wem hier die Deutungshoheit obliegt. Da heute Sonntag ist, findet – wie gestern – keine Therapie statt. Außer die des Blutdruckmessens, das dann aber wohl eher Kontrolle, als Therapie ist. Und da die freiwilligen Angebote – vor allem die eher interessanten – nur m.ä.G. (mit ärztlicher Genehmigung) besuchbar sind und ich ja am Freitag keinen Arzt gesehen hatte, bleiben lediglich für dieses Wochenende Seidenmalerei, Entspannungs-musik mit Frau Hoppe (die hier wohl sowas wie die Hip-DJane ist) und der Besuch eines Konzertes des Dorf-chores. Ich überlege und komme zu dem Schluß, daß nicht Trinken auch keine Lösung ist.

Einen neuen Tiefpunkt gibt es beim Mittagessen. Ich stehe in der Schlange hinter einem Rehabilionkel meines Alters, der die Haare seitlich extrem kurz und oben gescheitelt trägt. Seine Arme und Beine sind knallbunt tätowiert und ich habe ihn bereits einmal mit einem T-Shirt gesehen, auf welchem so etwas wie *Neigborhooding* stand. Richtig konnte es wegen des merkwürdigen Lettertyps nicht lesen, es kam mir aber irgendwie komisch rein. Heute habe ich hinter ihm stehend, die Gelegenheit, seine Tattoos zu studieren. Zwischen leichengrünen Horrorfratzen sind überall Runen. Eine Odalrune, ein Schriftzug *THOR* und so weiter und so fort. Wie gut, daß ich mit der Polin und Roswitha, der alten Erfurterin, am Mittagstisch sitze und der National-Hackfresse vor mir in der Reihe am Mittagstisch gegen-über eine Kampflesbe mit tätowierter Doppelaxt sitzt. Ich fühle mich jeden Tag wohler mit der Entscheidung hier niemanden kennenlernen zu wollen, denn nach Onkelz und Thor Steinars steht mir nicht der Sinn.

**Tag 5, Montag**

Was soll ich sagen: Heute morgen habe ich erwarteter-weise immer noch keinen Therapieplan im Kasten. Um punkt acht bin ich nach meinem Frühstück beim Blut-druckmessen. Selbst dort hat man mich nicht mehr in der Liste zum Blutdruckmessen. Die Schwester blökt mich an:

„Wenn sie keinen Termin haben brauchen sie auch nicht zu kommen."

„Ist ok, ich dachte ja nur, weil ich bisher jeden Tag zweimal hierhin musste."

„Ja, aber, wenn sie keinen Termin haben brauchen sie auch nicht zu kommen", echot sie.

Bestimmt ist mein Blutdruck nun schon etwas höher, da er aber insgesamt allenfalls marginal vom Standardwert 70/130 abweicht, so daß das Messen auch recht langweilig erscheint, verlasse ich wortlos das Schwesternzimmer. Im Foyer kann ich den kompletten Tag am Vorzugs-Verkauf von Plauener Spitze im Foyer teilhaben. Ich bin mir nicht sicher, welches dieser unter Wasser mundgeklöppelten Stücke ich erstehen mag und lasse es daher ganz bleiben.

So nehme ich bereits um halb neun meinen Laptop und gehe in die Cafeteria, ziehe einen Kaffee, da ich nach dem Frühstück feststellen musste, daß nicht mehr ausreichend Milch für meinen illegalen Kakao, den ich mir nach dem Frühstück immer mitnehme, vorhanden ist und gehe die Tagesmeldungen durch. Mails gibt es nur von dem Datenrettungsanbieter, der nun endlich anbietet, das alte defekte Handy meiner Frau doch nochmal zuzu-stellen und als der Akku fast leer ist, habe ich alle inte-ressanten Nachrichtenseiten abgespeichert, meine wö-chentliche ebay-Recherche erledigt und festgestellt, daß diese Woche für mich für Außenaufenthalte bei Tempe-raturen um die 30°C nur bedingt taugt, da ich eher so der kühl-

und-trocken-lagern-Typ bin, der es lieber -10° als +30° hat. Und wenn ich auch für Vieles Verständnis habe: Für Temperaturen jenseits der 30° nicht, denn ab 27°C verlasse ich die Wohnung nur unter Zwang und Androhung von Gewalt.

Nach meinem selbstauferlegten autogenem Training schreibe ich einen Zettel:

*Guten Tag,*

*da ich auch aus Berlin komme, ist mir Ihr Kennzeichen aufgefallen. Ich bin mit der Bahn angereist und würde Sie gern fragen, ob Sie möglicherweise am Wochenende den einen oder anderen Tag nach Hause fahren. Wenn Sie nichts dagegen haben, würde ich gern mitfahren.*

*Mit besten Grüßen*
*Jörg Ingenpaß, Tel.: 0174-9852348*

Dann verlasse ich zum ersten Mal seit Donnerstag das Klinikgebäude, um den Parkplatz nach Berliner Kraftfahrzeugen abzugrasen. Das erste Auto – ein Golf – auf dem schätzungsweise hundertzwanzig Fahrzeuge beheimatenden Platz hat einen riesigen Aufkleber auf der kompletten Heckscheibe: *Yakuza Scene Shop*. Selbstredend in Fraktur. Darunter Adresse und email, Telefonnummer und als Motive die handelsüblichen Kurzhaarhackfressen. Seitlich zieren Eiserne-Kreuz-Aufkleber den Wagen. Begeisterung herrscht. Am liebsten wäre ich direkt wieder auf mein Zimmer gegangen. Schließlich entdecke ich dann doch noch eine Familienkutsche – einen A6 – aus Berlin und stecke meinen Zettel unter den Scheibenwischer. (Der Besitzer wird sich nie melden).

Noch ein paar weitere Takte zu den Mitrehabilitanden: Ein paar Exemplare finde ich recht amüsant. So sitzen am Nachbartisch in der Kantine direkt drei Kandidaten, die echt eine persönliche Erwähnung wert sind. Schräg gegenüber einem dicklichen Typen um die 55, der vom Typ her deutscher Stereotyptourist ist und eine Rotzbremse trägt, die unterhalb der Nase dunkel-, aber ansonsten hellgrau ist, was einen Hitlerbarteffekt hervorruft, sitzt ein etwa Sechzigjähriger mit G.G.-Allin-Bart. Nur ist der Typ so schmalgesichtig, daß er dabei mit seinen T-Shirts, auf denen Worte wie *Survivor* oder *Hardrock* stehen und den Mond anheulende Wölfe oder eine Horde Biker mit Shoppern abgebildet sind, dabei eher bemitleidenswert mental daneben, als brutal und

aggressiv wirkt, was eigentlich schon fast süß daherkommt. Neben dem sitzt ein ganz besonderer Mann.
Schmalschultrig, stets karierte Hemden, Ende fünfzig.
Seine Haare trägt er nach hinten, wobei er festes Haar hat,
so daß es leicht hochsteht, als in Italo-Manier
angekletscht liegt. Der Hammer ist, daß er quasi eine
Schlampenkante hat. Das rausgewachsene Haar ist
pechschwarz, das frischere hellgrau. Es scheint also, als
habe er sehr lichtes Haar, wie es in fortgeschrittenem
Syphilis-Stadium der Fall ist. Außerdem hat er dermaßen
starke Nasolabialfalten und hängende Mundwinkel, daß
er einen absolut depressiven Verlierer-Eindruck macht.
Für mich kommt er wie der Looser-Protagonist eines
Coen-Films daher. Völlig bemitleidenswert. Der Typ der
neben mir sitzt, ist etwa so alt wie ich und ziemlich
sportlich. Sachse, vielleicht eher rechts als links (wen
wundert's?). Spreche ich ihn an, antwortet er Roswitha
statt mir. Daher stelle ich die Kommunikation mit ihm
recht schnell ein. In der Zeit, in der ich abends zwei
Brötchen esse, schafft er es auf mindestens drei mit
Fleisch, Fleisch, Fleisch und dazu zwei große Teller Salat.
Ansonsten ist da noch ein Kerl um die – mein Gott, ich
kann es kaum schätzen – vielleicht 35 oder 40, der beinahe breiter als hoch ist. Arme mit stärkerem Durchmesser als meine Oberschenkel und einen Kopf, der

beinahe in Fleisch versinkt. Er trägt stets ein freundliches, beinahe debiles Grinsen, welches die komplett schwarze Ruine in seinem Mund offenbart. Links trägt er eine Creole von gut drei Zentimetern Durchmesser, immer kurze Hose, immer XXXXL-Shirt, zumeist von *Uncle Sam*, was hier ohnehin eine äußerst beliebte Marke ist. (Schauen die auch alle die Geißens?) Seitlich trägt er die Haare recht kurz und natur-dunkelblond. Oben dagegen hellblond gefärbt und streichholzlang, als Bürste. In den Sechzigern nannte man das Korea-Peitsche. Sowas war schätzungsweise dann nochmals in den frühen 80ern modern. Kommt er an mir vorbei und sieht mich essen, sagt er jedesmal: „Schmecken lassen" und grinst. Zu ihm gesellt sich häufiger eine Frau, die entweder seine junge Mutter oder seine ganz alte Schwester sein könnte. Mit ungefähr einmetersechzig einen guten Kopf kleiner, aber ansonsten exakt die-gleichen Ausmaße und Frisur. Am Sonntag hatten sie Besuch. Es war unverkennbar eine Familie und alle ent-sprachen demselben modischen Schick, von der Groß-mutter bis zum achtzig-Zentimeter-Stöpsel. Komplett durchgeklont. Faszinierend!

**Tag 6, Dienstag**

Ich wache auf und habe fünf Mückenstiche am linken Ellenbogen. Zwei habe ich im Schlaf bereits blutig gekratzt. Was sind das für Mücken, die sich auf linke Ellenbogen spezialisiert haben? Oder ist es eine Art sächsische Insektengleichmut oder –faulheit, die das Antesten anderer Körperteile verhindert? Ich suche die Salbe aus meiner Reiseapotheke und schmiere den Ellenbogen ein.

Gestern habe ich meinen aktualisierten Therapieplan bekommen. Obwohl ich dem Arzt, der die Aufnahme gemacht hatte, mitgeteilt hatte, daß Nordic Walking für mich ein absolutes No-Go ist und ich lieber zum Ab-decker ginge, um mir ein Bolzenschußgerät in den Nacken ansetzen zu lassen, habe ich Nordic Walking für Samstag früh im Programm. Ebenso verhält es sich mit Wassergymnastik: Ich hatte angegeben, daß ich selbst an der Ostsee nie ins Wasser gehe und gerne Dinge machen würde, die mir helfen und die ich im Anschluss an die Kur auch in mein Leben integrieren kann, wozu Besuche des Schwimmbades auf keinen Fall zählen werden. Also habe ich natürlich für den kommenden Montag um halb acht Wassergymnastik. Ich denke, daß diese Art der Provokation entweder nach dem Motto „Herr I. muss lernen, sich abzugrenzen„ selbst die Therapie ist oder daß der Arzt mich einfach nicht mag. Jedenfalls bekomme ich seitdem das Werbeplakat der Otto-Di-belius-Altenheime (oder war es Otto Debilius?) mit den grinsenden Rentnern, die Gummiwürste im Wasser vor sich hertragen und was immer in der U6 an allen Ausgängen klebt, nicht aus dem Kopf. Das Bad hat hier eine Tiefe von vielleicht Brusthöhe und wenn ich über-haupt schwimmen mag, dann bitte wirklich Schwimmen im tieferen Wasser, ohne andauernd aus Versehen zu stehen. Also bitte kein Planschbecken! Die Gruppen-therapeutin meint heute, man müsse sich im Laufe des Lebens eben von Idealen und Wünschen verabschieden, neue Situationen als gegeben hinnehmen und Positives an ihnen suchen. Schauen wir mal, ob mir das in dem Kinderbecken gelingt. Vielleicht bin ich dann auch soweit, daß ich nachmittags den Kurs für Windglas-lichter und Serviettentechnik besuche.

Dann geht es los mit der Gruppentherapie. Überraschenderweise langweile ich mich gar nicht. Wie so oft in Therapien war ein Hauptthema Abgrenzung. Eine Lehrerin, der der Beruf verständlicherweise über den Kopf gewachsen ist und die über Anrufe der Eltern nach neun Uhr abends klagt. Geht sie dann nicht auf die Helikopter-mamas ein, rufen die im Anschluß noch bei der Rektorin an und beschweren sich. Die Rektorin wiederum lädt die Lehrerin dann am Folgetag morgens um sieben direkt zum Gespräch ins Rektorzimmer ein, um sie zu fragen, warum sie denn nicht den Eltern helfen würde. Es gibt echt Härten im Job und Scheiß-Chefs! Ansonsten kann ich mich glücklich schätzen, keine Thor-Steiner-Typen in der Gruppe zu haben, sondern einen Sozialarbeiter der Kirche, der Taube betreut und einen Marine-Koch, der Ende dreißig ist und dem man die Depression schon auf tausend Meilen ansieht. Eine junge Frau, die ebenfalls hardcoremäßig Depressionen hat und die dreinschaut, als wolle sie jede Sekunde anfangen in Tränen auszubrechen, sitzt mir direkt gegenüber und einige ältere Leute, die aber wenig sagen, weil sie wohl so erzogen wurden, daß man seine Probleme für sich klärt oder weil sie vielleicht befürchten, daß in der Runde auch ein IM-Spitzel der Stasi sitzt.

Am Nachmittag sitze ich mal wieder mit einem überteuerten Milchkaffee im Foyer und lese Nachrichten. Es ist beinahe leer, anscheinend sind alle zum Rauchen vor die Tür gegangen. Daher fallen die Verbliebenen mir besonders auf. Mein besonderes Interesse gebührt zwei Herren, die sich mit ihrem Smartphone beschäftigen. Ich muss dazu sagen, daß ich die Dinger hasse. Oder vielmehr den intelligent unterdurchschnittlichen Gebrauch der kleinen Zeitkiller. Die beiden Endfünfziger bekommen es über den Zeitraum von einer geschlagenen Stunde nicht hin, einen kompletten Satz miteinander zu reden. Stattdessen zeigen sie sich abwechselnd ihr Smartphone und spielen Videos ab. Jedes Video wird mit einem hirnlosen Gekicher des Präsentierenden und einem glucksenden Lacher des Beglückten finalisiert. Ich bezweifele, daß hier eine Kur irgendeinen Sinn erfüllt. Jedenfalls für Nicht-Gehstock-Abhängige, sondern Psychos, wie ich es bin. Vielleicht ist die Idee der Kurklinik, WLAN nur im Foyer verfügbar zu machen, doch ver-kehrt. Eigentlich sollte diesen Kandidaten das Smart-phone beim Check-In abgenommen werde und sie sollten zusehen müssen, wie es eingestampft wird. Da sind mir zwei Frauen viel sympathischer, auch wenn ihr Hobby ebensowenig für mich taugt. Sie haben große, farbige Papierbögen und basteln enorm aufwändige Sterne. Bemerkenswert akkurat und von der Größe eines Medizinballes. M.C. Escher hätte seinen Gefallen an den Damen oder zumindest an den Sternen gefunden. Als die eine vorm Verlassen des Foyers zu der anderen meint, „Ach ja, lassen wir den mal hier liegen, ich hab schon genug davon", denke ich bei mir, daß das die wahre Kunst des Zen ist.

Auf dem Rückweg nehme ich dann zum ersten mal an dem Verkauf im Foyer teil. Es gibt allerlei Honigprodukte und Saubohnen-Honig habe ich noch nie gesehen, also direkt mal gekauft. Megasüß ist der, ohne einen Blüten- oder Harzgeschmack und somit herrlich für Tee und Kaffee geeignet.

## Tag 7, Mittwoch

Die Therapien sind dagegen kaum erwähnenswert. Die Fangopackung ist extrem heiß, woraufhin sie unter ein Laken gepackt wird. Das war dann wiederum so angenehm, daß ich einschlafe und die Nachbarn mit Schnarchen beglücke. Die Infoveranstaltung über Alltagsdrogen am Nachmittag fällt aus, woraufhin ich mir dann erstmal einen doppelten Milchkaffe gönne. Im Spiegel fällt mir immer wieder auf, daß ich so kleine Pupillen habe, wie ein Junkie und ich frage mich, woran das liegen könnte. Nicht, daß ich das als störend empfinde, aber komisch ist es ja doch. Vielleicht mengt man irgendetwas dem Essen bei, was nicht nur debil macht, sondern was sich auf die Pupillengröße auswirkt. Kann ja sein, muss ja nicht. Jeden Tag mache ich zweimal autogenes Training und für meinen Rücken, der sich gemeldet hat, mache ich täglich etwas Sport in meiner Zelle – in meinem Zimmer. Als Hantel nutze ich einen der Bistrotische, man ist ja im ehemaligen Osten und improvisieren will gelernt sein. Dafür rasiere ich mich seit Ankunft nicht mehr und fange an auszusehen wie ein haariger Arsch. Aber wofür auch rasieren: ich bin ohnehin meistens auf meinem Zimmer zwischen den Therapien, um zu lesen oder zu schreiben und genieße die Kontaktfreiheit, denn was soll ich eine Zeit mit Menschen verplempern, die offensichtlich AfD wählen und ein Hochvakuum zwischen den Ohren dahertragen?

Abends ist heute zum ersten Mal mein neuer Sitznachbar zur gleichen Zeit essen wie ich. Ein recht witziger Typ aus Halle. Ich meinte, er sei Sachse, was er erbost ver-neinte und sagte, daß Sachsen-Anhalt ja wohl was *gaaaa*nz anderes sei, als Sachsen. Er verbreitet eine gute Stimmung am Tisch, es wird gelacht – endlich einmal. Er ist eine wirkliche Frohnatur, die zum Mitmachen und Mitlachen einlädt. Ich bin mehr als erfreut. Auch beim Mitagessen wird viel gelacht, ebenso wie beim Abend-essen. Natürlich ist er auch wegen Depressionen und Arbeitsstreß hier, wie das eben so bei Frohnaturen ist.

Später ruft mich überraschend mein Onkel Arno an. Er hatte am sechzehnten September Geburtstag, wurde achtzig. Wir hatten ihm deswegen einen Blumenstrauß statt eines Briefes zukommen lassen und ich hatte ihm versprochen, mich zu melden. Dann war aber immer besetzt bei ihm und ich hatte, statt es nochmals zu versuchen, eine lange Mail geschrieben, so wie ich es ab und tue. Er mag es, lange Mails zu bekommen. Trotz seiner achtzig Jahre ist er geistig noch rege, lediglich sein Körper macht nicht mehr richtig mit, der durch jahrzehntelanges Rheuma, Gicht und den entsprechenden Medikamentengebrauch geschwächt ist. Am Telefon hört er sich erschreckend schlecht an. Er erzählt, daß er kaum noch Luft bekomme und auf alle Medikamente allergisch reagiere.

„Aber, Jörg, ... ich will dir noch ein paar Tipps ... geben, wo du jetzt in der Nähe ... von Leipzig und Dresden bist."

Er muss immer zwischendurch innehalten und Luft schnappen.

„Also in Dresden, da musst du in den Jazzkeller .... Tonne gehen. Der ist gut."

Er war lange Zeit in den Städten beruflich unterwegs.

„Und dann schau mal … ob der Uwe Steimle … auftritt. Der wird dir gefallen … der ist Kabarettist und … Kommunist. Der ist gut."

Dann erzählt er mir noch ein wenig über seine aktuellen Beschwerden. Schließlich beendet er das Gespräch.

„Jörg, ich hör jetzt auf … ich kann nicht mehr … ach, eigentlich ist mir das auch … auch egal, wenn ich sterbe … aber nur nicht wegen der Inge … weisst du, deswegen dann nicht."

Ich bin schockiert. Es hatte sich ziemlich ernst angehört und ich frage mich, ob er das jetzt so ernst gemeint hatte. Ich könnte es mir vorstellen, denn er hatte sich eben auch echt schlecht angehört. Mir kommt es so vor, als hätte er bereits abgeschlossen, mit allem seinen Frieden gemacht. Mir kommen die ersten Textzeilen eines Gun-dermann-Stückes in den Sinn:

*Ich mache meinen Frieden, mit dir du großer Gott.*
*Ich nehme was ich kriegen kann: Leben oder Tod.*

Vielleicht ist es ja tatsächlich so, daß man ab einem gewissen Moment abschließt und es einem egal ist, was man bekommt. Nachdenklich zieh ich mein Sportzeug an, gehe in den Keller aufs Ergometer und radele eine Dreiviertelstunde auf dem Elektroesel. Doch so richtig aus dem Kopf geht mir die Sache nicht, daß es mit dem Mann, der mir bei einem meiner Urlaube dort in Bad Nauheim Schach beibrachte und der immer, trotz seiner körperlichen Einschränkungen, so rege und wach war, nun zu Ende gehen soll. Immer hatte er sein Rheuma, seine Gicht lächelnd hingenommen, war mit seinem Gehstock überall mit dabei gewesen, hatte kleinen Kindern stets erfundene Geschichten erzählt – über Orte, wo es Pferde gibt, die unterm Tisch hindurchlaufen können. Hatte nicht ins Glas gespuckt und dann am nächsten Tag im gerippten Unterhemd mit kaltnassem Waschlappen auf der Stirn am Frühstückstisch gesessen und gerufen „Inge, bring mir noch ne Aspirin!". Und nun ging es ihm so schlecht, daß er sich quasi aufgegeben hatte. Das betrübte mich.

**Tag 8, Donnerstag**

Am heutigen Tag ist tatsächlich Therapiestreß angezeigt: Morgens Gruppentherapie, der zum ersten Mal eine Pfarrerin aus Brandenburg beiwohnt. Obwohl ich ja allgemein ein eher negatives Verhältnis zur Kirche und ihren Dienern habe und sie mir vielleicht auch etwas zu gesprächig ist, empfinde ich sie als sehr angenehm und stelle mal wieder fest: Alle haben Abgrenzungsprobleme. Sie mit ihren Gemeindeschäfchen, von denen sie schier belagert wird. Im Anschluß Musiktherapie, die einzig aus Musik *hören* besteht (Vivaldi, Beethoven, Schubert und Tschaikowski). Beethovens Mondlichtserenade genieße ich sehr und wundere mich anschließend, daß es Leute gibt, die über sechzig sind und noch nie bewusst Musik gehört haben – also zum Beispiel mal im Liegen mit geschlossenen Augen. Die folgenden beiden Veranstaltungen habe ich gemeinsam mit Veit, dem neuen Tischnachbar aus Halle. Zunächst eine Einweisung im MTT, also Gerätetraining. Diese Einführung ist der Hammer. Ich habe mich informationsseitig – selbst in der fortgeschrittenen Vorlesung zu linearen Operatoren in Hilberträumen – noch nie so überfordert gefühlt. Nach zehn Minuten Grundinformationen, wie, daß man mit Erkältung, Fieber oder Pocken den Raum nicht betreten solle, daß man seinen Sabber nicht an den Geräten abwischt und wenn, daß man dann bitte den Sabber abwischt oder daß man Hallenschuhe und keine Bergwanderstiefel tragen möge, kam die Einführung fürs Dehn- und Fitnesstraining ohne Geräte. Man zeigt uns –

teils unter Zuhilfenahme eines etwas fitteren Rehabilitanden – Übungen, die auf an die dreißig laminierte
A4-Blätter mit jeweils einem Photo des Haustrainers
Herrn Bartel in der Grundposition dargestellt sind. Man
stelle sich vor: *Ein* Photo. Wie erkläre ich mit *einem* Bild,
auf dem maximal noch die betroffenen Muskel- der
Bändergruppen rot markiert sind, eine Bewegung, also
eine Übung? Nehmen wir als Beispiel doch einmal die
allseits bekannte Liegestütze. Ein Photo von einem Mann,
der auf Zehenspitzen und Händen gestützt da-hockt. Klar
– jeder kennt Liegestütze und weiß, wie die Bewegung
ausschaut, aber nehmen wir mal einen Mann, der die
Hand hinter dem Kopf hält und den Ellenbogen an die
Wand, wie sieht da die Bewegung aus? Ich stelle mir
eigentlich eine aktive Einweisung bei der jeder mitmacht
ganz hilfreich für einen Laien vor, aber nee – gibt es nicht.
Danach kommt dann die Einweisung an den Geräten.
Einige, zum Beispiel ein Brett in einer Feder-aufhängung,
welche das Brett bei Bewegungen zum Rappeln und
Ruckeln bringt, war noch ganz leicht nach-vollziehbar,
abgesehen davon, daß sowohl bei diesem als auch
anderen Übungen einem natürlich die wichtigen
Feinheiten, wie „Kniegelenke nie gestreckt halten" unge-
nannt bleiben und so ganze Übungen zur sinnleeren Farce
verkommen. Spätestens bei den wirklichen Muckibuden-

Geräten bin ich und auch mein neuer Kollege Veit völlig überfordert. In den letzten zwanzig Minuten zeigt man uns an die zehn Geräte für unterschiedliche Muskelpartien. Die Geräte besitzen neben einem Computer, der zunächst mit Bewegungs-daten zur Analyse gefüttert werden muss, um einem dann einen Bewegungsablauf per durchlaufenden Sinus-kurve vorzuschreiben, an die fünf Hebel, Stellschrauben und handbremsenähnliche Schalter, der von der vorführenden Dame Telelottoknopf genannt wird. Telelotto? Wir bekommen beinahe Angst, den Raum in eigener Regie aufzusuchen. Mit Sicherheit würden wir mit einem zusätzlichen Bandscheibenvorfall, Brillen-hämatom oder Schlimmeren wieder rauskommen.

Einen folgenden Vortrag am frühen Nachmittag über die verschiedenen Therapiearten haben wir gähnend hinge-nommen und waren froh, als wir gehen durften und einen Kaffee kaufen konnten.

Der Abend mit Grillwürstchen und alkoholhaltigen Bier ist um sieben beendet. Ich habe zwei Flaschen Pils getrunken und war platt. Jesses, nach sieben Tagen alkoholfreien Dasein knallen zwei Pullen außer-ordentlich. Respekt! Dabei hat die Unterhaltung am Tisch viel Spaß gemacht. Ich weiß nun einiges über Teleclotto (19 war der Kurzkrimi) und habe das coole DDR-Sprichwort *Beziehungen schaden nur dem, der keine hat* kennengelernt. Außerdem haben Veit, der 61 ist und bei Deutsche Bahn Cargo arbeitet, und ich festgestellt, daß wir beide dasselbe Problem haben: Die Blödheit der Umstrukturierungen und Dummheit der Arbeit bringt uns beide so auf die Palme, daß wir alles kurz und kleinkloppen könnten. Mensch: Ein Seelenverwandter in Halle, wer hätte das gedacht?

**Tag 9, Freitag**

Da ich heute einen unmöglichen Zeitplan habe – acht Uhr Ergometer, elf Uhr PMR, dreizehn Uhr Vortrag, fünfzehn Uhr Sport – überlege ich, ganz früh aufzustehen. Mein Wecker klingelt um sechs. Ich gehe zum Ergometer, um anschließend zu frühstücken und dann in Ruhe im Foyer die Süddeutsche zu lesen. Aber da machen die Planer mir einen Strich durch die Rechnung: Der Ergometer-Raum ist abgeschlossen. Also doch erst frühstücken und dann mit vollgestopftem Bauch zum Ergometer. Ob das alles aus therapeutischer Sicht so sinnig ist? Egal, falls ich mich übergebe, muss das ja jemand anders aufwischen.

Als ich dann später wieder in der Cafeteria sitze und meinen Milchkaffee schlürfe, fällt mir auf, daß es mich seit Tagen schon ärgert, daß ich hier ebensoviel Geld für minimale Mengen Kaffee investiere, wie daheim für mittelpreisigen Gin, wie Bombay Saphire oder Tanqueray. Aber es gibt keine wirklichen Alternativen, denn ich müsste in den Ort, um mir ein Glas löslichen Kaffee zu kaufen, hätte dann aber noch lange nicht das Problem mit der frischen Milch gelöst. Da es keine Kühl-möglichkeiten gibt (hey: Ein Stationskühlschrank wäre mal echt fair gewesen, ihr Abzocker!) müsste ich andauernd saure Milch wegkippen, was mir auch blöd erscheint. Ebenso steht es um die private Zubereitung von Mahlzeiten, die an fehlendem Kühlschrank und Herd scheitern. Insgesamt ist das System hier so ausgeklügelt, wie eine Verkaufsfahrt für Katzenfelldecken und Magnetarmbänder. Dazu geht es mir beim Kauf des Kaffees echt auf den Zeiger, wie blöde eine der Bedienungen ist. Ich ordere stets einen doppelten Milchkaffee (für schlappe vier Teuros), der exakt in meine Blechtasse passt. Die Serviertochter meint aber immer „Nein, die Tassee nehm ich nicht", und greift zum Pappbecher, woraufhin ich sage:

„In die Tasse gehen zwei Milchkaffee genau rein. Das hat die letzten Tage immer gepasst."

„Nein, das kann man auch vom Pappbecher dareinschütten."

„Das ist doch aber sinnlos und geht zu Lasten der Umwelt."

Daraufhin sagt die Bedienung nichts mehr, füllt den ersten Pappbecher, schüttet ihn die Blechtasse, füllt den zweiten Pappbecher und schüttet ihn die Blechtasse. Ich habe daraufhin den Kaffee fast auf und bin mir immer noch nicht sicher, was das soll.

## Tag 10, Samstag

Dank Veit weiß ich seit dem Frühstück, daß meine Blechtasse ja auch *gar nicht geht*. In der DDR hätte man eine Tasse der Größe schlicht Kameradenbetrüger genannt. Ich notiere mir die Vokabel in meinem Wessi-Ossi/Ossi-Wessi-Langenscheid. Danach gehe ich ins Foyer, um mir alles Lesenswerte aus meinen bevorzugten Nachrichtenmedien abzuspeichern und dann auf mein Zimmer, um in Ruhe bei einer Kameradenbetrüger-Tasse Kakao, den ich wieder illegalerweise aus der Kantine rausgeschmuggelt habe, zu lesen. Leider muss ich feststellen, daß die Nachrichten in ihrer Gesamtheit nur dazu taugen, den Puls zu beschleunigen und den Blutdruck anzuheben:

Erdogan hat einen Staatsempfang mit Bankett und militärischen Ehren bekommen (ticken die noch ganz sauber?). Die *Sun* titelt über die Brexitus-Verhandlungen *Dreckige EU-Ratten* (die ticken doch nicht mehr ganz sauber!). Nahles ist nun doch aufgefallen, daß die 3000-EUR-Beförderung von SS-Mann Maaßen zum stellvertretenden Heimathorst bei der Bevölkerung nicht gut angekommen ist (aufgewacht, Frau Nahles?) und die Wissenschaft hat festgestellt, daß der Arsch die Beine hält, ach nein: Daß der Permafrost teils schon so weit abgetaut ist, wie man es erst für die zweite Hälfte des 21sten Jahrhunderts vorausgesagt hatte. Man befürchtet durch den daraus folgenden $CO_2$-Ausstoß und den 25-mal gefährlicheren Methanausstoß durch die kleinen süßen Bakterien, die sich nun darin bilden können eine noch schnellere Voranschreitung des Klimawandels, was ich mit einer Michael-Koolhaas'scher Häme betrachte. Sind wir bald alle im Arsch, wie?

Ich beende das Nachrichtenlesen, als meine morgendlich-gute Laune dahin und der Kameradenbetrüger leergesoffen ist. Nun mache ich mich auf den Weg zum schwarzen Brett, um die neuen Freizeitangebote zu sichten. Obwohl ich bisher, bis auf die Gemeinschaftsfahrt zur Sparkasse, kein einziges Angebot akzeptabel fand, bin ich ja doch bemüht, eine nicht allzu negative Einstellung an den Tag zu legen. Der Heidespaziergang mit dem Förster, an dem ich gern teilgenommen hätte (Bildung, Freizeit und frische Luft ohne Sport in einem!), wurde abgesagt. Stattdessen gibt es einen Lehrgang in Schönschrift. Ich überlege eine Mikrosekunde: Nein. Während ich noch an der Tafel stehe, kommt Veit vorbei, der an der Einführung zum Nordic Walking teilgenommen hat. Er telefoniert grad und ich höre nur was von *Scheiße, Arschlöcher, Nie wieder*.

Beim Mittag stehen wie immer hunderte Gehhilfen in den den Tischen beistehenden zu groß geratenen Schirmständern und einige besonders fitte Unfitte, latschen mit ihren Nordic-Walking-Stöcken zum Essen. Eins-zwo, eins-zwo, eins-zwo, eins-zwo. *The walking dead* im Sachsenland. Auf dem Rückweg machen wir mit einer Tasse Kaffee im Foyer halt. Dort fällt mein interes-sierter Blick zum ersten Mal auf das 1:x-Modell der Kur-klinik in dem Plexiglaskasten. Die Ähnlichkeit mit einem Knast ist frappierend. Hat da doch der Jugendwerkhof Torgau Pate gestanden?

**Tag 11, Sonntag**

Veit und ich haben uns für 15 Uhr verabredet, nach Riesa ins Kino zu fahren, um den Film *Gundermann* zu sehen. Auf der Fahrt macht sich Veit schon über die Gegend lustig – wer hier wohne, der wolle das auch wohl wirklich und der hätte es auch nicht anders verdient. Solche Leute würden sich beim Anblick einer Straßenbahn oder auch nur dem Geräusch zu Tode erschrecken. Er könne nie in solchen Käffern leben. Riesa ist auch ein solches ein Kaff. Eine mickrige Einkaufsstraße. Ich hole schnell bei der Deutschen Bank mit Gebühren von 3,50 Euro Geld ab, weil ich denke, daß es bestimmt keine andere Bank hier gibt. Aber auf dem Weg zum Kino, was natürlich auch an derselben Straße liegt, gibt es zwei Bankomaten der Sparkasse. Veit macht sich drüber lustig und weist mich bei beiden Automaten darauf hin, daß ich ja bestimmt zuviel Geld hätte, weil ich gern 3,50 rausschmeiße. Wir gehen noch eine heiße Schokolade im Eiscafé neben dem Kino trinken und essen ein Stück Kuchen. Dann geht's in den Film. Großes Kino. Abgesehen davon, daß ich Andreas Dresen ohnehin für den besten und wichtigsten deutschen Gegenwartsregisseur und auch für den einzigen deutschen Macher von Autorenkino halte, ist dies, so bin ich mir sicher sein Grand Oeuvre. *Wolke 9* und *Halt auf freier Strecke* waren schon fantastisch, aber *Gunder-mann*

Ist einfach großartig. Außerdem ist der Film, was die Darstellung des Alltags in der DDR angeht, für einen Wessi wie mich auch lehrreich. Und wenn man dann noch Liedermacher mag, kommt man auch musikalisch auf seine Kosten, was will man noch mehr? Ich bin danach froh, den Film nicht in Berlin, sondern im tiefsten Osten mit einem so netten Ossi an meiner Seite gesehen zu haben.

Nachdem wir aus dem Kino raus sind, beschließen wir nicht in Riesa, wo ohnehin schon alle Bürgersteige hochgeklappt sind, ein Restaurant zu suchen, sondern heim zu fahren (Heim = heim), da es dort eine Gaststätte gibt (die *Heiderose*) und Veit außerdem noch zum Blutdruckmessen muss, nachdem er Samstagabend plötzlich 100/190 hatte. Die Heimfahrt ist beängstigend: Das Navi findet nicht mehr den Weg und nachdem es uns erst zwischen Sackgassen, gesperrten Streckenabschnitten und Baustellen hin- und herschickt, will es anschließend beinahe eine Viertelstunde, daß wir wenden. Hoffentlich wollen uns die Eingeborenen nicht in einen Hinterhalt locken und auffressen. Ich erinnere mich an den Film *2000 maniacs* von Hershell Gordon Lewis. Schließlich lassen wir uns von Doktor Google den Weg weisen und sind froh, als wir wieder in Schmannewitz ankommen.

Leider hat nach dem Blutdruckmessen die Gaststätte bereits geschlossen und wir müssen mit der kleinen Kneipe mit Imbiss Vorlieb nehmen. Der Wirt ist, wenn man es positiv sehen will, ein Original. Andere Zungen behaupten, er ist ein Riesenarschloch. Ich frage „Gibt es nochwas außer Würstchen zu essen", und er antwortet

„Hinsetzen!"

In der Kneipe sitzen sechs weitere Rehabilitanden. Wir setzen uns zusammen an den großen Tisch und bestellen zunächst ein Bier. Veit nimmt wegen seines Blutdruckes ein alkoholfreies und wird vom Wirt deswegen auch noch mit der Frage „Schmeckt dir sowas", verhöhnt.

Da es nichts anderes als eine Bockwurst und zwei Brüh-würste mehr gibt, entscheide ich, als Vegetarier, mich für die beiden Brühwürste, die haben schließlich einen minderen Fleischgehalt. Da ich Hunger habe, schmeckt's sogar halbwegs. Das Gespräch ist locker und lustig. Mir gegenüber sitzt ein Sachsen-Anhalter, der tatsächlich einen Beruf ausgeübt hat, bei dem ich ihn womöglich schonmal gesehen hatte: Bis vor drei Jahren war er Fremdenführer in Nachtwächter-Kostüm in Wer-ningerode. Er ist bereits die sechste Woche in Kur (später lerne ich, daß man zu DDR-Zeiten niemals Kur gesagt hätte, sondern Rehabiltation – Kur sagt man nur bei Rentnern!), da er eine Woche verlängert hat. Obwohl er erst 47 ist, scheint er körperlich ziemlich abgewrackt zu sein. Nach einer bodybuilding-mäßig heftigen Zeit hat er aufgrund einer Erkrankung aufgehört ohne abtrai-nieren zu können, was dann wohl extrem nach hinten losgegangen ist. Als wir um kurz nach zehn aufbrechen, meint der Wirt „Wieso? Ist doch noch gar kein Ein-schluß."

Von den paar alteingesessenen Rehabilitanden lernen wir Ärztevokabular: Wir Psychos sind die *Schmet-terlinge*. Die orthopädischen Fälle teilen sich auf: *Stock-enten* habe Gehstöcke, Stockenten mit Rucksack sind *Schildkröten* und welche mit Tasche um den Hals *Kängu-rus*. Ich finde es lustig, aber auch ein wenig abwertend und verhöhnend, seine Geldquelle so zu bezeichnen und überlege, wie ein orthopädischer Fall ohne Gehstöcke wohl heißt. Ich werde es bis zum Ende der Reha nicht erfahren.

**Tag 12, Montag**

Der Tag beginnt mit Kopfschmerzen, Kreislaufbe-schwerden und Schwindel. Das macht der extreme Wetterwandel: Gestern ganztags Regen, heute kalt und sonnig. Ich trinke zum Frühstück einen Kaffee mit Zitrone und Honig und lege mich nochmals ins Bett, damit ich gleich bei der Wassergymnastik nicht ins Becken kotze. Zu acht machen wir dann mit einem Hula-Hoop-Reifen im Planschbecken Spirenskes: Beim Laufen durch den Reifen steigen, den Reifen vor und hinter dem Körper im Wasser pendeln, alle einen Kreis bilden und die Reifen drehen, dabei wie Ballerinas mal mit dem linken, dann mit dem rechten Fuß voran laufen. Herrn Bartel fallen tausend blöde Übungen ein. Der Hammer ist, daß mir eine Person der Achtergruppe sehr bekannt vorkommt: Der Yakuza-Typ mit den Runentattoos. Er ist echt fast ganzkörpertätowert, hat aber offensichtlich Spaß, was zeigt: Auch Faschos können lustig sein und andere Gesichter als Hackfressen aufsetzen. Aber ich kenne auch ein Photo von Goebbels, wo er ganz sym-pathisch aussieht. Von daher eigentlich nichts Verwun-derliches. Unterhalb des Halses steht irgendwas mit *Deutschland und blablabla* in Fraktur. Ich kann es nicht ganz lesen und bei den Übungen hat er mir zumeist des Rücken mit allerlei Horrorfratzen zugewandt. Nach dem Sport verschwindet er ganz schnell im braunen Bade-mantel, statt sich in der Kabine umzuziehen. Will er uns etwa seinen runentätowierten Pimmel nicht zeigen?

Chefarztvisite: Ich wusste immer, daß der Name besser ist, als das Programm, aber hier ist es glatt eine Verhöhnung des Namens. Ich warte eine Viertelstunde darauf, daß der Chefarzt erscheint. Termin wäre um 9:25, er trifft mit Kammerdiener um 9:40 ein. Dann lässt er sich von mir erklären, wieso ich Aspirin nehme. Das habe ich hier bereits zwei anderen Ärzten und einer Schwester erklären müssen. Ich wiederhole meine Leier. Währenddessen schellt noch sein Telefon, an das er selbstredend gehen muss. Er nickt alles ab, ja, ja, ja und ich bin nach nicht einmal drei Minuten raus. Natürlich habe ich vergessen, ihn zu fragen, ob es auf der Station, so etwas wie ein medizinisches Mundwasser gäbe, da einer meiner Backenzähne etwas schmerzt und natürlich habe ich auch vergessen, ihn zu fragen, wieso denn bei mir zweimal eine Blutuntersuchung stattgefunden hat, wo alle anderen nur eine hatten.

Nun bin ich schon fast zwei Wochen hier und obwohl freiwillig, gehe ich nun abends häufiger auf den Elektro-esel und fahre vierzig Minuten Rad. Ich hatte nicht erwartet, daß monotone Bewegung bis zur mittel-mäßigen Erschöpfung so gut tun kann, wenn in den Nachrichten nur Scheiße steht, die chlorwassergereizte Nase einen zur Verzweiflung treibt oder der Telefonanbieter nervt. Apropos Telefonanbieter. Da will ich doch ein wenig weiter ausholen, weil das eine Geschichte voller Absurditäten und Frechheiten ist, so wie die Geschichte der Menstruation eine Geschichte voller Irr-tümer ist (war glaube ich der Slogan der o.b.-Werbung in den Neunzigern). Nachdem ich ja festgestellt hatte, daß (1) Telefonie ins Festnetz, (2) SMS, (3) Internet und (4) Google-Mail-App nicht mehr funktionieren, hatte ich mich mit meinem Laptop auf die sogenannte *Servicewelt* (nomen non est omen) meines Anbieters eingeloggt, um dort nach Hilfe zu suchen. Tatsächlich hätte ich dort für die Probleme (1) und (2) Lösungen finden können, je-doch habe ich nicht entdeckt, wo ich dies in meinem Handy konfigurieren kann. Deshalb will ich meinem herzallerliebsten Anbieter eine Nachricht über dessen Kontaktformular schreiben. Gesagt, getan. Es kommt, wie nicht anders zu erwarten eine Fehlermeldung, die schon beinahe tragikomisch ist. Angeblich enthält das Formular nicht zu versendende Sonderzeichen. Ich korrigiere den Text, entferne alle Klammern, Doppelpunkte und An-führungszeichen – mit demselben Erfolg. Dann alle Bin-destriche, sogar Kommata. Immer noch diese dusselige Fehlermeldung. Entnervt suche ich eine Kontakt-Mail-adresse, aber wie das nunmal bei den Firmen heute ist: Man sucht vergeblich Telefonnummern oder Mailadressen. Firmen verstecken sich lieber in einer sicheren Formular-Anonymität (vgl. ebay, amazon, PayPal und alle anderen Arschanbieter). Auf gut Glück probiere ich support@xxxxx.de, service@xxxxx.de, help@xxxxx.de, info@xxxxx.de, contact@xxxxx.de und kontakt@xxxxx.de – die letzte funktioniert. Drei Tage später, nachdem mir der Zugriff auf das Festnetz und das SMS schreiben wieder gelungen ist, bekomme ich eine Info-SMS meines Anbieters, er habe mir bezüglich meiner Supportanfrage eine Mail geschrieben, die ich in seiner *Servicewelt* einsehen kann. Der Inhalt ist so daneben, daß ich eine sofortige Kündigung in Betracht ziehe: man habe anhand der Verbindungsdaten bemerkt, daß ich ja anscheinend das Problem gelöst hätte und hoffe, daß ich nun zufrieden sei. Ich antworte sofort, nein, mitnichten, ich könne immer noch nicht ins Internet und die Mailapp würde auch nicht funktionieren. Weitere drei Tage später wiederhole ich meine Aufforderung via Kontaktformular, was dann in diesem Fall funktioniert, obwohl es Sonderzeichen enthält (sic!). Bisher habe ich zwar schon an die zehn verschiedene APN-Einstellungen getestet, habe aber weder damit Erfolg gehabt, noch eine Antwort meines Anbieters erhalten. Nebenbei funktio-niert auch der Empfang von MMS nur bedingt. Ja, ich weiß, daß MMS voll aus der Mode ist, aber ich bin ja Messenger-

Verweigerer und ab und an ein Photo eines unserer Frettchen ist ja ganz süß und erinnert schön an daheim. Trotzdem kommen die nur, wenn überhaupt, beim vierten Download-Versuch an, ansonsten an-scheinend nur, wenn in Nordsachsen der preiswerte Nachtstrom aktiviert ist. Irgendwie finde ich es schade, daß man keine Anthrax-Viren per Mail verschicken kann. xxxxx wäre mein erster und Lieblings-Empfänger. Vielleicht schreibe ich bald auf gut Glück eine Mail an geschaeftsfuehrung@xxxxx.de, management@xxxxx.de und fuck_off@xxxxx.de. (Viel später stellt sich heraus: xxxxx, die über yyyyy vernetzen, haben dort in der Ein-öde kein Netz!)

**Tag 13, Dienstag**

Die Nacht habe ich gelinde gesagt megabeschissen ge-schlafen. Meiner Nase ist das Chlorwasser nicht bekom-men und so habe ich während der Nacht eine knappe Rolle Klopapier als Taschentücher missbrauchen müs-sen. Es kommen gelbrote Brocken beim Naseputzen in Heidelbeergröße herausgeflogen, die die Konsistenz von eingetrocknetem Pattex haben. Da sie auch so klebrig sind, läßt sich das vielleicht kommerziell aufziehen. Mal sehen, ob ich mir so ein zusätzliches Standbein für die Rententage einrichten kann. Mein Zimmernachbar meint am Frühstückstisch zu mir, daß er ab drei Uhr morgens dann gehört hätte, daß ich ja wohl doch noch eingeschlafen sei, weil ich dann geschnarcht hätte. Mir ist das schon ein wenig peinlich und ich beschließe, morgen bei der Visite, alle Therapieformen, die mit Wasser zu tun haben, stornieren zu lassen. Erst war es mir gar nicht aufgefallen, daß das Wasser so stark gechlort war, da ich ja stoffwechselstörungsbedingt nicht riechen kann. Aber Roswitha hatte gesagt, daß man das Chlor im gesamten Untergeschoß hätte riechen können. Als Kind hatte mir – respektive meine Nase, deren Teilhabe an meinem Körper ich immer mehr misschätze – Chlor bereits Probleme bereitet. Um es kurz zu machen: Diese Probleme sind im Laufe der Jahre wohl eher stärker geworden.

Nach der Gruppentherapie geht's dann zum Medistream, was eine Art Wasserbett mit eingebauten, beweglichen Wasserdüsen ist. Diese gehen den Rücken auf und ab. Ich bin, ähnlich wie bei der Fangopackung gegen Ende der zwanzig Minuten kurz vorm Einschlafen, obwohl das Teil eine gewisse dB-Stärke hat. Halbe Stunde Pause. Dann zur PMR (Progressive Muskel Relaxation). Die Idee stammt von einem Herr Jacobsen und ich schicke direkt vorweg, daß mir die Produkte der gleichnamigen dä-nischen Brauerei lieber sind. Wir legen uns aufgrund der hohen Teilnehmerzahl für das recht übersichtliche Zim-mer auf Matten und decken uns mit Wolldecken zu. Dann wird Entspannungsmusik gespielt und eine Therapeutin weist uns an, den einen oder anderen Körperteil anzu-spannen, um ihn einige Sekunden später wieder zu ent-spannen. Also zum Beispiel: „Wir spannen alle Muskeln des linken Arms an – und wieder entspannen."

Von der Technik her erinnert mich das ein wenig an autogenes Training, wo man allerdings statt mit Muskel-spannkraft lediglich mit Autosuggestion arbeitet. Da PMR nicht so abstrakt ist, wie *Mein Arm wird schwer und warm*, funktioniert es schneller. Aber der Teufel steckt im Detail. Zunächst ist die Musik so laut, daß ich kaum verstehe, was die Frau gerade anweist oder rät, zum anderen ist der Sound so esoterisch-dudelig, daß ich drauf und dran bin, ihr für die kommenden Termine, soweit sie auf Natursounds steht *The robin's tiny throat* zur Verfügung zu stellen oder von NWW die *Soliloqui for Llilith* oder alles von den Taj Mahal Travellers, die stun-denlang auf Reibegongs herumdröhnen. Das wäre Ent-spannungsmusik für mich, nicht diese Dudelkacke mit Flöten, inhaltlosem Pianogeklimpere und schlechten 90er Jahre Presetsounds des Yamaha SY99.

Seit gestern habe ich nach jedem Essen Zahnschmerzen. Der Backenzahn hinten, links-oben macht nach dem Essen Probleme. Meine Zahnärztin hatte schon vorigen Juni gesagt, daß sie da mal reinschauen wolle, aber ich hatte gekniffen. Hatte es auf den kommenden Termin im Dezember rausgeschoben. Wider besseren Wissens. Nun rächte es sich. Aber zum Zahnarzt nach Oschatz will ich nicht. Zu groß scheint mir die Gefahr, daß der nur einen fußbetriebenen Bohrer sein eigen nennt und die Behandlung in einem Chaos aus Blut, Schmerz und dutzenden korrigierenden Nachbehandlungen in Berlin endet, weil alles vermasselt wurde, was vermasselt werden kann. Also gehe ich, nachdem ich gestern bereits versäumt hatte den Chefarzt anzusprechen, ins Schwesternzimmer und frage nach einem Mundwasser, mit dem ich die Zucker- oder Essensreste an die ich mit der Bürste nicht gelange, nach jeder Mahlzeit wegspülen kann. Natürlich gibt es in der ganzen Klinik so etwas nicht. Herr Oberarzt Doktor Schultz empfiehlt mir direkt, medizinisches Mundwasser bei amazon zu bestellen, da er nicht glaubt, daß rewe im Ort welches habe. Er hat wohl eine noch niedrigere Meinung vom Landleben in Nordsachsen, als ich. So rufe ich meine Frau an und bitte sie, mir welches zuzusenden. Schließlich weiß ich, daß wir noch welches daheim auf Lager haben, denn seit meinem Zahnzwischenfall in der Bretagne (auf den ich hier aus Platzgründen nicht weiter eingehen will), lagere ich medizinisches Mundwasser. Schon am Folgetag kommt das Päckchen per Express und ich spüle und spüle und freue mich, wie der Schmerz nachlässt. Dann fange ich leichtsinnig wie ich bin an, mit meinem Daumennagel an der Stelle herumzuporkeln. Mein Nagel steckt nun zwischen den beiden Backenzähnen genau an der Stelle, wo es weh tut. Ich ziehe den Daumen mit einem Ruck zurück und es knirscht ganz komisch. Ach Du Scheiße, denke ich, nun hast du dir den Nagel zwischen den Zähnen abgerissen und bekommst ihn nicht anständig heraus. Aber weit gefehlt: Der Daumen-nagel ist intakt und schadfrei. Beim Nachfühlen und Spülen wird die Sache klarer: Ich habe mir glatt ein Stück Zahn von dem kariösen Backenzahn abgerissen. Ein Stück, so groß wie die Hälfte des Schwefelkopfes eines Zündholzes. Für einen Moment glaube ich, daß ich nun um den Oschatzer Veterinär nicht umhinkomme, dann aber fällt mir auf, daß sich die Zahnbaustelle besser und schmerzfreier anfühlt. Glücklich komme ich zu dem Ent-schluss, daß ich wohl die fragliche schmerzhafte Stelle abgerissen habe und nun auch wieder mit der Bürste an alle fraglichen Stellen zum

Säubern gelange. Manchmal muss der Mensch eben auch etwas Glück haben.

Zu Mittag gibt es eine asiatische Nudelpfanne. Sie besteht aus eine Art Curry-Spaghetti mit asiatischer Soße, die so authentisch nach Chinaimbiss schmeckt, daß sie mir aufgrund des übermäßig verwendetet Glutamats einen elendigen Flotten beschert, um an der Stelle den Begriff Flitzkacke zu vermeiden und auch nicht darauf anzuspielen, daß ich aus fünf Meter Entfernung mein Geschäft in eine Flasche hätte verrichten können. Der Vorteil ist, daß mir dann gleich der doppelte Milchkaffe für vier Euros kaum noch zusetzen kann.

Ein neuer Gast ist eingetroffen und hat unsere Polin, die in den letzten zwei Wochen alles sehr locker gesehen hat („Ach, da geh ich nicht hin.", „Nee, da gehe ich lieber in die Kneipe.", „Ich kann nicht, ich muss noch packen.", „Ich esse was auf dem Volksfest.") abgelöst. Er heißt Piotr, ist Sachse und Straßenbauer. Er (fr)ißt, wie ein Scheunendrescher – so schnell und so viel. Ich hatte immer gedacht, der Rehbilitand der vor Veit am Tisch saß, hätte schnell gegessen, aber Piotr schaufelt. Ich vermute, er kann wie eine Schlange, Kiefer und Kehlkopf ausklinken und muss nur schlucken oder vielleicht nichtmal das.

Vielleicht arbeitet seine Speiseröhre wie die Darm-
peristaltik und alles wird einfach hinuntergesogen. Ich
werde es nie erfahren...


**Tag 14, Mittwoch**


Ich habe des Morgens zum zweiten Mal Fitness in der
Halle. Da die älteren Semester keine Gymnastikübungen
machen wollen, weil es ihnen zu anstrengend ist, wird
wieder für Ballsport gestimmt. Sprich: Frauen um die 65
spielen Federball und ich nehme mir einen Softball-
schläger plus Ball und spiele gegen die Wand. Da ich in
den letzten 35 Jahren Sport überzeugt und konsequent
vermieden habe, habe ich zumindest hier nun den
Anspruch an mich selbst nach dieser halben Stunde die
Halle nassgeschwitzt zu verlassen. Ich hechte also herum
und dresche auf den Ball, daß Serena Williams neidisch
wäre. Nach der halben Stunde in der die anderen eine
Handvoll Federballwechsel hatten und größtenteils dem
am Boden liegenden Ball hinterhergeschlichen sind, um
ihn wieder ins Spiel zu bringen, habe ich den Ball nur alle
fünf Minuten verloren und bin k.o. Einen Wermuts-
tropfen hat die halbe Stunde dann aber doch: Abends und
am nächsten Morgen fühle ich mich, als benötige ich ganz

dringend neue Kniegelenke und eine künstliche Hüfte. Meine Gelenke scheinen von der langjährigen und erfolgreichen Vermeidung sportlicher Aktivitäten nicht profitiert zu haben. Mich würde interessieren, wie es Serena Williams geht, wenn sie fünfzig ist.

Den Rest des Vormittags verbringe ich in Schonhaltung. Dann geht es zum Mittagessen. Die Vorsuppe – eine Champignonsuppe – ist heute ein wenig fad. Das ist jedenfalls mein Empfinden. Aber da ich nicht riechen kann und so mein Geschmacksinn auch etwas mittel-mäßig ist, habe ich scheint es sehr wohlwollend ge-urteilt: Die Suppe hat enorme Rückläufe und auf Nachfragen bestätigen mir viele der Mitrehabilitanden, daß die Suppe komisch gewesen sei. Ich hoffe, daß ich ohne einen Flotten oder Magenschmerzen davonkomme oder mir gar eine Knollenblätterpilzvergiftung einge-fangen habe. Veit meint beruhigend zu mir „Et hätt noch immer jot jejange!" Er ist neben Freund des Ruhrgebietes auch großer Köln-Fan. (Nicht Fußball, sondern Stadt und zitiert, wenn sich die Gelegenheit beitet, gern mal eines der Kölschen Ge-setze). Zum Hauptgang gibt es dann Tagliatelle mit Lachs und beinahe rohem Broccoli. Ich muss tatsächlich in den Essensplan schauen, um das mit dem Lachs zu verifi-zieren. Er sieht grau und knorpelig aus und schmeckt nach nichts. Veit und ich kommen so auf das Thema Lachsersatz. Er berichtet von Lachsersatz der DDR, der immer ein- und dasselbe leuchtende rot gehabt hätte.

„Den haben die in so kleinen Gläsern verkauft."
Er zeigt mit Daumen und Zeigefinger die ungefähre Größe. Ich ergänze „Und der hat nur salzig und fischig geschmeckt."

„Ja, genau. Woher kennste denn den?"

„Den gabs bei uns auch."
So haben wir mal wieder was gefunden, was in BRD und DDR gleich Scheiße war. Wir beschließen den Lachs des heutigen Tages, da er uns noch ersatzartiger vorkommt, Lachsersatzersatz zu nennen.

**Tag 15, Donnerstag**

Beim Abendessen hat Piotr uns belehrt und Vorträge gehalten. Er hat mittlerweile mitbekommen, daß wir *Schmetterlinge* sind und er ist so etwas wie eine *Ente*, nämlich Bandscheibenopfer ohne Gehhilfen. Das ist wohl so, wenn man mit sechzehn angefangen hat, im Straßenbau zu malochen und nun 33 ist. Seine erste Frage an mich ist „Und du bist also wegen deinem Kopf hier?"

„Ähh..., ja."

Ich verzeihe ihm die platte Ausdrucksweise, er weiß es wohl nicht besser zu formulieren. Veit ergänzt, daß wir das alle seien. Daraufhin versucht er für seine kleine Welt zu erschließen, wie das denn kann, denn wir wür-den doch alle einen netten und fröhlichen Eindruck machen. Unsere Erklärungsversuche scheitern kläglich und Piotr scheint uns aber nun helfen zu wollen. Er erzählt: „Sucht euch dann doch einen anderen Job. Also das ist doch besser, als dann alle paar jahre hier zu sein. Ich hab auch schon bei verschiedenen Firmen gearbeitet und jetzt hab ich einen neuen Job, der ist echt super."

Meinen Einwand, wie es denn um seine Wirbel-säule stünde, wenn er 50 ist, kann er nicht recht verarbeiten. Dafür erzählt er weiter: „Mein Vater, der hat so viele Umschulungen und so viele verschiedene Jobs gemacht, daß glaubt ihr nicht. Als Versicherungsvertreter hatte der 10.000 Euro im Monat oder so und selbst mit 60 hat der noch umgeschult."

Wir versuchen ihm zu erklären, daß das aus diesen und jenen Gründen für uns nicht in Frage käme und letzten-endes gibt er sich geschlagen und fängt stattdessen an, uns von seiner Drogenkarriere vom dreizehnten bis zum einundzwanzigsten Lebensjahr zu erzählen: Kiffen, Speed, LSD, Ecstasy, alle partytauglichen Chemikalien eben. So viel, daß der Zahnarzt ihm die gesamte obere Kauleiste durch dritte Zähne ersetzen musste.

„Glaubt ihr mir nicht? Wollt ihr mal sehen, soll ich die mal rausnehmen?"

Wir verzichten. Dann fragt er uns, was wir denn so abends tun. Veit meint, er würde dann im Foyer noch ein wenig surfen oder TV schauen, Roswitha geht gar nicht auf die Frage ein, sie hat anscheinend bereits genug von Piotr gehört und ich erkläre ihm, daß ich es genieße, abends noch ein wenig lesen zu können, wozu ich daheim nach der Arbeit nie Nerv habe statt abends noch ein paar Bier zu trinken, wozu ich daheim nach der Ar-beit eigentlich immer Nerv habe. Ich sehe ihm an, daß ihm Lesen unheimlich ist. Er jedenfalls müsse abends seine paar Biere haben. Ich bestätige ihn, indem ich sage, daß dies ja zum Berufsprofil eines Straßenbauers quasi dazugehöre. Ich verkneife mir im Satz ein *obligat* – das kennt er bestimmt nicht. Als er zum Rauchen den Tisch dann als erster verlässt, sehen Roswitha, Veit und ich uns an und schütteln einvernehmlich unsere Köpfe. Veit und ich verabreden uns statt zum Bier für 40 Minuten Ergometer nach dem Essen. Danach sind wir groggy und haben statt 1,8 Promille mehr, 180 kcal weniger.

## Tag 16, Freitag

Unser Oberbekloppter Piotr verabschiedet sich an seinem ersten Freitagmittag mit den Worten, „dann mal bis Montag". Wir sind baff. Es ist zwar erlaubt, sich vom Essen abzumelden, aber ein Fernbleiben über Nacht ist nicht legal. Dazu muss ein Urlaubsantrag ausgefüllt, abgegeben und vom Chefarzt genehmigt werden. Ausreichende Gründe sind Tod des Lebenspartners, eines Elternteiles, eines Kindes oder eine Ladung vor Gericht. Letzteres wäre Piotrs Niveau, jedoch haben Gerichte am Wochenende bekanntlich geschlossen. Nachdem er abgehauen ist, fragen wir uns im Tischplenum, ob das wohl Folgen haben wird. Und um es vorwegzunehmen: Ja, er bekommt einige Tage nach seiner Rückkehr einen Einlauf von seinem Chefarzt. Während Piotr es *eigenverantwortliche Heimfahrt* nannte, nannte dieser es *illegales Fernbleiben*. Ich bin beruhigt, daß es in Schmannewitz noch Gerechtigkeit gibt.

Nach dem Mittagessen ziehe ich mich auf meine Zimmer zurück, da ich nächtens wegen meiner doofen Nase schlecht geschlafen hatte. Es ist kurz vor zwölf und als ich dann in Unterplinte und T-Shirt im Bett liege, geht plötzlich vor meiner Zelle ein großes Hallo los. Nach einigen Minuten frage ich mich, was denn da passiert sein könnte. Fünf Minuten später fange ich an unge-halten zu werden. Ich hatte schlafen wollen. Und da gebaren sich Leute im Flur, als hätten sie kein eigenes Zimmer oder als hätte dort ein Techno-Club eröffnet. Sollen sie doch in die Cafeteria gehen oder dahin wo der Pfeffer wächst. Ich steige aus dem Bett und ziehe mir meine Jogginghose über. Dann gehe ich zur Tür und öffne sie. Mir fällt zum ersten Mal auf, daß mein Zimmer direkt gegenüber des orthopädischen Schwesternzimmer liegt. Das steht weit offen und sowohl im, als auch vor dem Zimmer tummeln sich haufenweise Stockenten, Schild-kröten und Kängurus zum lustigen Pallaver. Aus Angst vor Repressalien, denn schließlich die sind ja mit ortho-pädischen Kampfmitteln bewaffnet, schließe ich, nach-dem mir einige der Stockenten lautstark zugegrüßt ha-ben, wieder die Türe, stecke mir Toilettenpapier in die Ohren und versuche, mich in den Schlaf zu weinen.

Auf der Fahrt nach Riesa hatte mir Veit ein Stück von Kurt Demmler vorgespielt, einem Liedermacher aus der DDR. Ein richtig schönes Stück (*Für Maria*), daß man wohl als feministisch bezeichnen darf, obwohl es das Wort noch gar nicht wirklich gab. Na ja, jedenfalls fast noch nicht oder zu dem Zeitpunkt in der DDR noch nicht. Verdammt, nageln Sie mich bitte nicht fest auf so Klei-nigkeiten! Er erzählt mir weiter, daß Kurti in der DDR wohl echt ein Superstar war, hatte sich gegen die Ausweisung Wolf Biermanns eingesetzt und so weiter und so fort. Laut Wiki hatte er über zehntausend (10.000!) Liedertexte verfasst. Für sich und andere: DDR-Gruppen wie Silly, aber auch Ostrockgruppen wie Budka Suflera, Czerwone Gitary oder Omega együttes. Sogar das durch Nina Hagen bekannte *Du hast den Farbfilm vergessen* stammte aus seiner Feder und beim Oktoberklub (*Sag mir, wo du stehst!*) war er auch dabei. Leider lief es dann im neuen Jahrtausend nicht mehr so gut für ihn. Es kam nämlich raus, daß er nicht nur politisch korrekter Feminist war, sondern auch gerne kleine Mädchen anfasste. Nachdem es dann 2009 ins-gesamt 212 Anzeigen wegen Missbrauchs Minder-jähriger gab, hat er sich nach dem ersten Prozesstag in seiner Zelle aufgehängt. Ich überlege hin und her, ob ich mir von so einem Arschloch Musik anhören mag, bestelle mir aber schließlich doch bei discogs die Single. Schließ-lich hat der schmutzige alte Mann immerhin noch mehr Charakter als Maaßen bewiesen und einen Schlussstrich gezogen und außerdem mag ich ja auch die Filme *Rose-*

*maries Baby*, *Ekel* und *Der Mieter*, auch wenn Polanski ebenfalls gewisse Attitüden anhaften.

## Tag 17, Samstag

Veit ist nach dem Frühstück nach Halle gefahren, weil er zu Hause ein Medikament vergessen hat. Ich nehme mir vor, den Tag ganz entspannt mit Lesen und Schriftkorrekturen zu verbringen, schließlich fällt mir dann aber doch die Decke auf den Kopf und ich suche das Foyer auf, um zu sehen, ob ich vielleicht Emil oder Cäcilie, mit denen wir auch mal den einen oder anderen Kaffee trinken, antreffe. Die sind aber auch nicht zu fin-den und so verbringe ich den Tag mit Langeweile.

Am Wochenende ist ja auch immer Besuchstag und so setze ich mich mit einem Eiskaffee in die Cafeteria. Ein Rehabiltand um die dreißig, der mir eingangs einen rechten Eindruck machte, dann aber wieder eher den Eindruck eines Sportlertypen, ist auch da. Heute hat er Besuch seiner besseren oder auch schlechteren Hälfte bekommen. Abgesehen davon, daß sie äußerlich die kleine Schwester von Zschäpe hätte seien können (schlimm: ich benutze *Zschäpe* oder *die Zschäpe* schon wie *die Bardot* oder *die Dietrich*), wozu sie ja nix kann, wollte sie bei dem strömenden Regen wohl am Miss Wet-T-Shirt-Contest teilnehmen. Bei dem Durchschnitt der ansonsten anwesenden Klientel hätte ich das beinahe begrüßenswert gefunden. Da es sich aber um ein Yakuza-T-Shirt handelt, wollte ich dann doch nicht genauer hinschauen. Langsam aber sicher geht mir die rechte Klientel gewaltig auf die Nerven.

**Tag 18, Sonntag**

Irgendwie kann ich die gesamte Nacht nicht richtig in den Schlaf finden. Ab zwei Uhr dann nicht mehr, weil ich heftigen Hunger bekomme. Da ich kein hanuta mehr im Spind habe, wälze ich mich hungrig von einer Seite auf die andere. Gegen vier Uhr gesellt sich dermaßen lautes Magenknurren zum Hunger, daß ich schon allein von der Geräuschkulisse nicht einschlafen kann. Um viertel sieben, stehe ich bereits unter der Dusche und mache mich frühstücksfein. Um dreiviertel sieben stehe ich schon vor der Kantine in der Schlange mit den alten Stockenten und warte darauf, daß die Tür geöffnet wird. Mittlerweile habe ich mir die ostzonalen Uhrzeiten angewöhnt: Dreiviertel sieben, statt dem ruhrdeutschen

viertel vor sieben, viertel acht statt viertel nach sieben. So
geht Uhr!

Der Tag verläuft ohne nennenswerte Ereignisse. Beim
Abendessen wird über Autos und Führerscheine ge-
sprochen. Piotr staunt, daß ich seit knapp zwanzig Jah-ren
kein Auto mehr fahre und beteuert, sein Auto sei sein
drittes Kind (dabei hat er meines Wissens doch nur
eines). Dann sagt er, „Wenn ich kein Auto hätte, würde ich
zum Islamisten."
Ich denke, ich habe mich verhört und frage nach.
„Wie jetzt?"
Er schaut mich ganz ungläubig: „Weißt du denn nicht, was
ein Islamist ist?"
„Ja, doch."
„Ja, also, wenn ich kein Auto hätte, würde ich zum
Islamisten."

Ich antworte
„Ach so, ja klar."
Abends geht's dann – so wie letzten Sonntag schon – ins
*Fensterlädchen*, der Kneipe mit Johannes, dem herzlichen
Gastwirt. Auf dem Hinweg, der bei einer Gesamtlänge von
vielleicht 150 Metern am Klinikparkplatz vorbei-führt,
sehen wir bereits die üblichen Verdächtigen am offenen

Heck eines Audi A3 stehen und Bierkannen leeren. Piotr ist selbstredend unter ihnen. Im Fenster-lädchen angekommen entscheidet sich Veit aufgrund seines erhöhten Blutdrucks wieder für alkoholfreies Freiberger. Johannes fragt ihn im tiefsten sächsisch, ob der diese *Briiehe* denn mag und ranzt ihn anschließend noch an, das Bier auf den Deckel statt daneben zu stellen. Wäre der nicht konkurrenzlos und so quasi der Kneipen-monopolist, würde hier jede Kundschaft wohl ausblei-ben. In Berlin hätte er allerdings tatsächlich potential zum Kultwirt. Zum ersten Mal gehe ich heute auf die Toilette, die auch ein Ding für sich ist. Auf dem Fenster-sims stehen diverse Deosprays: 8x4, Rexona ... und ein A5-Computerausdruck ziert die Wand, der dem Steh-pisser Einhalt gebieten soll:

*„Männer mit Niveau sitzen auf dem Klo."*
*„Setz Dich, es sieht ja keiner."*

Als wir um zehn Uhr aufbrechen und heimgehen, treffen wir Piotr, der kurz eine der öffentlichen Kliniktoiletten aufsucht und sich wundert, wieso wir uns kein Bier mitgebracht hätten, sondern stattdessen zweifünfzig pro halben Liter Freiberger in der Kneipe zahlen. Ich glaube, unser Oberschmetterling hat sie nicht mehr alle, denn ich finde eigentlich nur den Geschmack schlimm, nicht den Preis.

## Tag 19, Montag

Morgens nach Frühstück gibt es um acht Uhr Ballzirkeltraining. Ich bilde mit Thorsten, einem verrückten Leipziger Eisenbahner, ein Paar. Thorsten ist ein völlig durchgeknallter Sachse um die sechzig. Etwas kleiner als ich mit eingemeißeltem Grinsen, stets gutgelaunt. Er arbeitet nicht, wie Veit DB Cargo, sondern bei einem Konkurrenzunternehmen, hat aber ähnliche Probleme. Mittags kommt er immer an unseren Tisch, um Veit Nummern wie 3825 zuzurufen. Veit muss dann raten (oder im besten Fall wissen), um welchen Zug es sich handelt und die Antworten darauf lauten dann in etwa *Magdeburg – Dresden acht Uhr fünfunddreissig*, worauf Thorsten antwortet, *acht Uhr dreiundvierzig* und wieder lachend von dannen zieht. Ich glaube, daß wenn es nur solche Ostdeutschen gäbe, wir in der Republik keinerlei Probleme mit der Wiedervereinigung hätten.

Das Zirkeltraining ist mit vollem Magen dagegen schon eher problematisch. Zwei Brötchen, eine Schale Magerquark mit süßem Beerenkompott und zwei Tassen Kaffee bemühen sich um ihr Fortbestehen im Magen, statt ad hoc an Land zu gehen. Das Herumspringen nach Bällen ist heute nicht nur für meine Knie eine Heraus-forderung.

Ansonsten bleibt der Tag relativ ereignisfrei und ruhig. Lesen, Schreiben und mit Veit und Cäcilie Kaffeetrinken. Ich lerne immer neues ostzonales Vokabular, daß ich mir stets notiere: KoKo (Kommerzielle Koordination), NSW (Nichtsozialistisches Wirtschaftsgebiet), ABV (Ab-schnittsbevollmächtigter), GO (Grundorganisation). Am besten gefällt mir aber das wohl im Osten vielbenutzte *operativ*, weil man es so schön in jeden zweiten Satz ein-bauen kann.

Vor einigen Tagen ist mir bereits ein Mitrehabiltand aufgefallen, der eine Jacke trägt, die ich auch gerne hätte. Eigentlich bin ich ja jemand, der nicht viel Wert auf Äußeres legt. Gut, ich trage bedruckte T-Shirts, deren Motiv ich mir oftmals selbst aussuche und sie dann drucken lasse, aber ansonsten begnüge ich mich mit Jeans und allem sonst, was schwarz sein kann. Ganz schlicht schwarz. Aber der Typ: Seine Jacke ziert hinten das Wappen von Baden-Württemberg in einer Höhe von knapp zehn Zentimetern, rechts daneben auch gestickt ein Schäferhundkopf in derselben Größe. Über und unter den Motiven steht der Schriftzug:

*Leichen und Blutspuren Suchhundelehrgang*
*GP 2014*

Als Veit und ich vorm Abendessen den Typen vor der Klinik sehen rätseln wir, wie man wohl an solch eine Jacke gelangt. Schließlich frage ich ihn: „Hey, wo bekommt man denn eigentlich so eine endgeile Jacke her?"

„Wenn man auf den Lehrgang geht."
Die Antwort ist einfacher und entmutigender, als gedacht. Ich schieße nach „Laß die nirgendwo hängen, sonst ist die weg."
Fortan heißt der Typ bei uns nur noch die *Die Jacke* und man grüßt sich. Leider lässt er sie bis zum Ende meines Aufenthaltes nirgends hängen und so werde ich wohl nie Besitzer einer Leichen-und-Blutspuren-Suchhundelehrgang-Jacke. Beim Abendessen erzähle ich unserem Oberschmetterling Piotr leicht provokativ, dass es hier wie im Strafvollzug sei. Daraufhin erklärt er mir großspurig „Das ist überhaupt nicht wie Knast. Da hast du ja gar nicht so'n gutes Essen. Außerdem bist'e die meiste Zeit auf'er Zelle und kannst nicht raus auf'en Parkplatz."

Ich stimme ihm zu und denke bei mir, daß ich sowas doch bereits geahnt hätte.

## Tag 20, Dienstag

Nach dem Frühstück ist wieder Gruppentherapie. Da sich letzte Woche zwei Teilnehmer verabschiedet hatten, ist zu erwarten, daß es mindestens einen Neuzugang gibt und siehe da: Die multipel tätowierte Jungmutter mit Tochter, die mir bereits am Montag beim Essen aufgefallen war, da sie in diesen Kurbetrieb so gut reinpasst wie eine Kuh in die Kirche, sitzt – hier ohne Tochter – auf dem Platz, auf dem ich sonst stets sitze. Sie hat das linke Bein übers rechte geschlagen und den linken Fuß wiederum noch unter der rechten Wade hindurchgesteckt. Meiner Theorie nach, kann man so Menschen mit besonders verkorkstem Inneren erkennen. Sie ist vielleicht Ende zwanzig, lang, spackeldürr und trägt Tattos, wie sie heute modern sind und wie ich sie langweiliger kaum finden kann: Verschnörkelte Schriftzüge an Hals und Handgelenken. Ich kann sie kaum le-sen, vermute aber Namen von Kind, (Ex-)/(Ehe-)Partner, Mutter, Vater, Knecht und Magd, Rosenblüten auf Handrücken, Vögelchen und Müsterchen mit Sternchen auf

Dekolleté, ein trauriger Clown auf dem Hals darüber ein japanisches Schriftzeichen (vielleicht das Kanji für Holz, um auf den Holzkopf hinzuweisen). Sie mag sich weder vorstellen, noch beteiligt sie sich am Therapiegespräch. Als unsere Gruppentherapeutin sie gegen Ende der Therapiestunde anspricht, ob sie sich nicht nun doch vorstellen möge und vielleicht etwas über sich erzählen wolle, sprudelt es aus ihr heraus, daß sie das ja alles so schlimm gefunden hätte und daß sie so empathisch sei, daß alle immer wegen ihrer Tattoos meinen, sie sei eine ach so starke Person, dabei stimme das ja alles gar nicht und daß sie schon so viel erlebt hätte, daß man da ein Buch ein drüber schreiben könne. Blablabla, als ob man sowas nicht schon oft genug gehört hätte. Meiner Erfahrung nach, haben Leute, die behaupten, daß man ein Buch über sie schreiben könne, soviel erlebt, daß es für zwei A4-Seiten nicht reicht, die kaum jemand neu oder lesenswert finden wird. Sei es drum. Ich hoffe, daß die Stunde sich bald dem Ende neigt und fortan grüßen wir uns auf den Gängen.

Im Anschluß setze ich mich wie jeden Tag mit meinem Laptop, dessen Akku nicht mehr so dolle ist und nur für eine Stunde reicht in die Cafeteria und gehe die Nachrichten durch, speichere lesenswerte Seiten für später ab (wenn ich in meinem Zimmer wieder am Netz hänge) und stoße auf ein Theaterstück, daß ich gerne sehen will. Das ist bei mir echt eine Seltenheit, aber der Inhalt kommt mir ein wenig wie von Samuel Beckett vor und der Hauptdarsteller ist Peter Kurth, den ich im Film *Herbert* ganz exzellent fand. Angeblich soll er auch in der zweiten Staffel *Babylon Berlin* brillieren, die ich mir aber definitiv nicht antun werde. Die erste Staffel empfand ich bereits als groben Unfug. Das Stück heißt *Die stillen Trabanten* und handelt von einem beim Beruf vereinsamenden Nachtwächter. Könnt ja nochwas sein. (Nach der Reha, als ich danach recherchiere, stelle ich fest, daß alle vier Vorstellungen ausverkauft sind – mal wieder Glück gehabt).

Es ist wieder mal 11:30 und 11:30 ist immer PMR-Zeit. Jedesmal ist die Gruppenkonstellation eine andere und diesmal habe ich Hitlerjungen Quex, den freundlichen Nazi, im Team. Das ist die Gelegenheit mal seine Waden-tattoos zu bestaunen, als er sich neben mir auf den Bo-den legt. Auf der rechten Wade ist das Konterfeit Rudolf Heß' tätowiert und auf der linken ein Wehrmachtsjunge, der dem Signet der Chemnitzer NS-Boys stark ähnelt. Ich bin mehr als schockiert. Der Typ scheint ja echt heftig drauf zu sein. Als wir dann alle auf dem Boden liegen und nach der einführenden Körperbefindlichkeitseröffnung (Arme, Beine, Atem spüren) die Aufforderung kommt, den rechten Arm anzuspannen, bin ich versucht, zu kontrollieren, wie das bei Hitlerjunge Quex denn ausschaut. Bestimmt hat er ihn ganz stramm nach oben gerissen. Aber ich halte an mich, öffne nicht die Augen, sondern spanne meinen rechten Arm so an, wie es beim PMR üblich ist. Trotz aller Versuche kann ich neben dem Typen keine rechte Entspannung finden – und auch keine linke.

**Tag 21, Mittwoch (Tag der Deutschen Einheit)**

Mit Veit fahre ich über die Dörfer, um zu schauen, was es so in Nordsachsen alles gibt. Eine geschlossene Bowlingbahn, eine Ankündigung für das anstehende *Horstsee Fischfest*. Dort wird die Fischkönigin gewählt. Ich frage mich, ob dies ein weiblicher Fisch ist, denn für eine menschliche Frau fände ich den Titel *Fischkönigin* eher beleidigend. Welche Frau möchte *Fischkönigin* sein? Ich stelle mir eine Frau vor mit gebotoxten Lippen und starren Basedow-Augen, die sagt: „Ich bin die Fischkönigin". Oh nein, besser weg hier. Wir fahren nach Torgau, doch das Wetter spielt weder richtig mit, noch

finden wir einen Parkplatz nahe des Schlosses Harten-
fels. Die Fahrt geht weiter über Thallwitz, Wüllknitz,
Nünchritz und ich glaube Arschritz zurück nach Schmannewitz.

Dort stehen schon die üblichen Verdächtigen mit Piotr an
einem Transporter einer Glasreparaturfirma und trin-ken
kräftig ihr sogenanntes gemütliches Bier (sind sie oder
das Bier gemütlich?). Der Transporter war an-scheinend
ob des mittelmäßigen Wetters vorteilhafter, als der A3,
unter dessen Heckklappe die Wahnsinnigen den Kopf
wohl nicht drunterbekommen.

Zum Abendessen torkeln mehrere der Gruppe bereits,
schließlich musste die Einheitsfeier standesgemäß zele-
briert werden. Da werden keine Gefangenen gemacht.
Viele Augenpaare sind auf unseren Amstaff-tragenden
Tischgegenüber Piotr geheftet, der nicht mehr grade-
ausschauen kann und auch der alte Ungar, der dafür bekannt ist, alle Frauen anzulabern und ab 1,6 Promille auch
anzugrabschen erntet vielbeachtende Blicke, da er sich
fast auf allen Vieren am Buffet vorbeischleppt. Ros-witha
kommentiert das nur mit „Der hat ja schon voll den
Stecker drin."

Eine schöne Redewendung, die ich sofort in mein Repertoire übernehme.

## Tag 22, Donnerstag

Am Nacheinheitstag wird uns von Piotr aus erster Hand erzählt, was in den folgenden Gruppentherapien und auch am nachmittaglichen Patientenforum Thema Num-mer Eins ist: Es gab wilde Ausschreitungen am Tag der Einheit. Nachdem alle Parkplätzler abgefüllt waren, hatte der Ungar Piotr überreden wollen, mehr zu trinken und Piotr hatte das Bier weggekippt, nachdem er die Hand des Ungarn wohl mehrfach beiseite gedrückt hatte. Das hatte bei dieser Klientel dann selbstredend zum Eklat geführt. Piotr hatte darauf die Hand des Ungarn so un-sanft abgewehrt, daß dieser schier ausgrastet war und man ihn ins Zimmer bringen musste, wo er aber nicht lange blieb. Zurück auf dem Parkplatz hatte er Rabbatz gemacht und war dann aber mit einem Male nicht mehr lauffähig, so daß er von den diensthabenden Ärzten mit einem Rollstuhl wieder heimgebracht werden musste. Der Rest der Säufer hatte sich dann nach Einschluss (also doch geschlossener Vollzug!) bei Piotr auf dem Zimmer noch die Kante gegeben. Wir sind gespannt, ob das alles noch ein Nachspiel haben wird, denn eigentlich gilt im Heim eine Null-Promille-Grenze.

Die multipel Tätowierte in unserer Gruppentherapie ist eine kleine Herausforderung für meine Nerven. Nicht genug damit, daß die Tattoos für meine Belange für wenig Ästhetikempfinden und Hirn sprechen, denn es finden sich nur die schrottigsten Motive, die Jan und Jedermann trägt auf Hals, Arme, Hände, Beine, Bauch, den sie beim herzhaften Gähnen und damit verbundenen Hintenüberräcken freigibt, nein – ihr Verhalten ist auch in meinen Augen eine Zumutung. Mit jeder Faser ihres Körpers teilt sie mit: ich gehöre nicht hierhin, nicht zu euch, finde euch doof. Sie räkelt sich auf ihrem Stuhl, mal nach links, mal nach rechts, dann wieder beugt sie sich vornüber, um ihr Haupt in ihre Hände zu stützen, während ihre Ellenbogen auf ihren Knien verweilen. Eine Pose, die ihre Genervtheit andeutet, wann ist wohl diese elendige Therapiestunde um? Dann spielt sie mit ihrem Smartphone herum, wendet es, nimmt es in die rechte, in die linke, in die rechte Hand. Und wenn sie mal gefragt wird, was sie so empfindet, was sie meint, kommt jedesmal nur, daß es ihr nicht gut gehe und basta. Mensch, soll die schäbbige Unke doch nach Hause gehen. Mir geht es komplett auf den Nerv, daß Cäcilie, die nette, herzensgute Sächsin, der es wirklich nicht gut geht, weil sie ihren Mann seit Jahren ummuttert, der seit einen Schlaganfall Pflegefall ist, keine Verlängerung bekam, während so eine desinteressierte, dumme Kuh sich hier blöd räkeln darf und uns zeigen darf, wie doof sie das alles findet.

Beim psychologischen Einzelgespräch frage ich meine Therapeutin, ob eine Heimfaht am Wochenende möglich sei, da ich zu Hause einige Sachen abzuklären hätte und außerdem langsam einen Kurkoller bekäme. Eigentlich ist, da es keine Toten gab und ich nicht vor Gericht erscheinen muss, kein Heimreiseurlaub möglich. Meine Therapeutin, Frau Ebeling, erweist sich aber wie immer als sehr nett und hilfreich. Sie bereitet einen Antrag vor, der noch zu dem Chefarzt muss und der als Grund das Stichwort *Belastungserprobung* trägt. Zu dem Zeitpunkt weiß ich noch gar nicht, wie Recht sie damit haben wird.

Beim Abendessen zeigt uns Piotr zwei Neuzugänge, die mit der Raucher- und Trinkerklientel immer im Holzhäuschen vor der Klinik, welches einem Bushaltestellenhäuschen ähnelt, rauchen: Zwei Tussen, die angeblich Kontakt suchen. Ohne Übertreibung sieht man es ihnen bereits auf einen Kilometer an. Die kleinere von beiden hat wirre, schulterlangem karmesinrot gefärbte Haare, eine Haut, die vom ewigen Sonnenbaden aussieht, wie das Alpenmassiv in Miniatur. Sie trägt das knitterige und mit billigsten Motivtattoos übersäte Dekolleté freizügig bis zum Nippelansatz und die Jeanshose hängt tief in den Backen, was echt keinen schönen Anblick bietet. Die andere überragt ihre klei-nere Kollegin um mehr als eineinhalb Haupteslängen und hat fast bis zum Ende meines Kuraufenthaltes stets denselben out-of-fashion Jeansrock an, der die sehr strammen Oberschenkel mehr als erahnen lässt und ansonsten eine dezent schlampige Kleidung. Ihre Haare sind blond, lang unordentlich und sie könnte von der Gesamterscheinug Bewohnerin eines Trailer-Parks sein. Ich denke, diese Frauen werden lange suchen müssen. Selbst wäre ich solo und vor wenig fies, würde ich eher homo-, sapio- oder asexuell, bevor ich zu den Beiden Kontakt knüpfte. Auf deutsch, ich würde man Fahrrad an den beiden nicht abstellen wollen.

Als ob dies alles nicht schon genug sei, erklärt uns Piotr weiter seine Tätowierungen, die aussehen, als hätte jemand, der es nicht gut mit ihm gemeint hatte, sie zu seiner Zeit im geschlossenen Vollzug mit dem Rasier-apparat gestochen. Zu dem Tattoo im Nacken sagt er nichts, außer daß das Stechen so schmerzhaft gewesen sei, daß er fast hätte schreien müssen. Da gibt es aber auch wenig zu sagen, da es sich lediglich um ein schlecht entworfen und gestochenes Tribal handelt. Über das auf der Brust, welches er aber zu unserer Freude nicht entblößt, erzählt er was über Verwandtschaft und das größere Tattoo auf dem Arm beschreibt er in Teilen. Es sieht aus, wie mehrere zusammengewürfelte, kaum erkennbare Flecken in einer Art zittrig gestochenen großen, flammenartigen Tropfen. Bisher konnte ich dort nie so recht was erkennen. Nun erklärt er

„Wenn ich das so halte, ist das ein Alienkopf."
Und siehe da, wenn es dann jemand erklärt und man sich etwas Mühe gibt, erkennt man etwas wie eine Mischung aus ET und Joda aus Krieg der Sterne. Aber nicht genug damit: Er winkelt seinen Arm an, so daß sein Bizeps hervortritt (Piotr ist nämlich passionierter Bodybuilder und hat zumeist bei dem Mahlzeiten nichts anderes als die angeblich so piseligen Gewichte im Kraftraum zum Thema) und erklärt nun: „Und wenn ich den Arm anwinkle, dann ist es was anderes, seht ihr?"
Roswitha, Veit und ich schauen ratlos auf das Stricknadelmuster. Er wartet nicht lange, um das Geheimnis zu lüften und sagt:

„Ein Hundekopf, sorum ist das ein Hundekopf."

Wir bejahen alle und er hält den Arm nochmals gerade.

„So Alienkopf."

Er winkelt ihn wieder an.

„So, Hundekopf."

Als er geht, schauen wir drei uns noch ratloser an, als zuvor seinen Hundekopf und Veit meint in Sachsen-Anhalterischem Kölsch: „Wat wellste maache?"

**Tag 23, Freitag**

Ich habe im Postfach eine Einladung für elf Uhr beim Chefarzt und gehe nach dem Frühsport, bei dem ich beinahe wieder mein Frühstück von mir gebe aufs Zimmer und lese ein wenig im Simplicissimus. Obwohl ich das Buch recht spannend finde, komme ich nicht gut voran, was vor allem der Korrekturarbeit geschuldet ist, zu der ich hier endlich ausreichend Gelegenheit habe und Zeit finde. Während ich warte, wird zweimal an meinem Schloss von außen herumgeschraubt. Als ich das erste Mal die Tür öffne ist es eine ältere Frau, die es doch sehr wundert, daß ihr Schlüssel für Nummer 54 nicht auf mein Schloss für Nummer 51 passt. Beim zweiten Mal ist es ein älterer Herr, ebenfalls ein Neuer mit Koffer, der sich wundert, daß das Erdgeschoß nicht das Unter-geschoss ist. Ich überlege, wie die neue Generation Schmetterlinge dachschadensmäßig orientiert ist. Um zehn Uhr ruft eine Schwester an und sagt, ich sollte jetzt auf der Stelle zum Chefarzt kommen, nicht erst um elf. Dort öffnet jedoch nur eine Sekretärin und sagt, Doktor Janssen sei grad in einer Besprechung. Ich erkläre ihr, daß man mich angerufen hätte und so weiter, worauf der Chefarzt rauskommt und mir wiederum erklärt, daß mein Antrag auf dem falschen Formblatt abgegeben wurde, wo ich das denn her hätte und überhaupt. Er zerreißt den Antrag und sagt, ich solle doch um zwei Uhr wiederkommen, dann würden wir das alles neu machen. Ich überlege, daß dies wohl schon der Beginn der *Belastungserprobung* ist.

Danach muss ich beim Studieren des Fahrplans im Netz feststellen, daß im Leipziger Bahnhof gebaut wird und alle ICEs gar nicht oder mit Verspätung fahren. Da ich nicht erst mitten in der Nacht in Berlin ankommen mag, setze ich mich um dreiviertel eins mit meinem Simplicissimus vor die Chefarzttür, um eins kommt Herr Doktor Janssen zufällig raus und meint, wir hätten doch den Termin erst um zwei. Ich wundere mich, daß der angeblich beruhigungstablettenabhängige Doktor, der stets wie ein Verschwörer flüstert und in dessen Büro immer die Rollos runtergelassen sind, sich daran erinnert. Ich erkläre ihm die Lage am Leipziger Hauptbahnhof und er unterzeichnet geschwind meinen Antrag, nuschelt *gesund hin gesund wieder zurück* und entlässt mich.

Die Heimfaht funktioniert für mich äußerst elegant: Veit bringt mich zum – wie er betont – *Hauptbahnhof* Dahlen. Ich löse ein Ticket nach Leipzig und wir diskutieren, wieso ich nicht direkt eines bis Berlin gelöst hätte. Nach zehn Minuten hören wir mit den Kindereien auf, denn Veit muss noch zum Nachmittagssport.

Dahlen: Zwei Gleise, eine wartende Frau auf Gleis 1, ich auf Gleis 2. Von dort habe ich freie Sicht auf ein halb verfallenes, leerstehendes Gebäude, zwei Wohnhäuser und einen Wendehammer mit Bushaltestelle. Ein müder und/ oder betrunkener nahöstlich aussehender Mann um die dreißig liegt auf einer Stahlgeflecht-Bank und singt eine orientalische Weise. Ansonsten Totenstille. Der Regionalexpress kommt beinahe pünktlich und in Leipzig erwische ich, nachdem ich mir ein Stück Pizza ge-kauft hatte, beinahe nahtlos den ICE nach Berlin, beschlagnahme den letzten freien Zweite-Klasse-Sitzplatz in einem Sechserabteil. Der Mann vor mir, der den Platz daneben ergattert hatte, muss drei Minuten später wieder aufstehen, weil die tatsächliche Reservistin das Abteil betritt und ihren Anspruch anmeldet. Da der Zug völlig überfüllt ist, kommt der Schaffner wohl nicht durch und ich freue mich über den Sitzplatz und daß ich für ein Ticket von 9,60 für den RE50 bis nach Berlin komme.

Beim Aussteigen aus dem ICE in *Berlin Hauptbahnhof tief* direkt schon die erste Berlin-Eskapade: Ich warte mit meinem Rollikoffer hinter einem älteren Ehepaar, daß zwischen den vielen Menschen am Bahnsteig steckenbleibt und nicht direkt weiterkommt. Eine aufgedrehte Tussi hinter mir kreischt *Tschuldigung* und drängelt sich mit ihrem Rolli an mir vorbei und schleift mir das Ding über die Füße. Dann merkt sie, daß auch sie wohl gezwungen ist zu innezuhalten und hinter dem Ehepaar zu warten. Nach einer Sekunde der Neuorientierung ziehe ich gleich, kreische übertrieben hoch *Tschuldigung* und drängele ich mich an ihr vorbei und schleife ihr meinen Rolli über die Quanten. Berlin: Auge um Auge, Zahn um Zahn.

Ich treffe Nicole, meine Frau, am Bahnsteig und nach einer nach drei Wochen Abstinenz standesgemäß langen Umarmung gehen wir zum Sushi-Laden im Bahnhof, der trotz vietnamesischer Leitung außerordentlich gute Managerpommes hat. Dazu ein japanisches Bier. Zu Hause dann einen lecker Gin Tonic – sowas ist in der Kulturmetropole Schmannewitz schließlich Fehlanzeige, wo es nur Freiberger und Pfefferminzlikör gibt. Unsere Frettchen Erich und Willy interessieren sich nicht sonderlich für meine Rückkehr, Rübe hat nur den Bademantel im Sinn, den ich mitgebracht habe, weil ich ihn ob meiner Chlor-Nasen-Probleme nicht mehr nötig habe, den sie sofort beschlagnahmt und Ratz leckt mir tat-sächlich das Gesicht – normalerweise beißt er einen nur in Nase und Kinn.

**Tag 24, Samstag**

Berlin – Streß ohne Ende: Menschen, Tiere, Sensationen! Nach dem gemeinsamen Frühstück und Verpflegung unserer Raubtiere, versuche ich ein Problem am Telefon zu lösen:
In den letzten Wochen hatte mich PayPal genervt . Ständig wollten die für die Verifizierung meines Logins mich

zu Hause anrufen, ich solle einen Code eingeben (ich berichtete). Nun – in Berlin – will ich das Problem end-lich lösen. Ich versuche also mich anzumelden und statt mich nun anrufen zu wollen, teilen die Knallchargen mir mit, daß dies nicht mehr möglich sei und mein Konto gesperrt ist. So muss ich die sogenannte und ihres Namens nicht gerechte Servicenummer anrufen, an der es natürlich keinen Menschen, sondern nur einen Robot gibt, der möglicherweise von einem der zehn schlech-testen, lebenden Programmierern entworfen wurde. Nach ewigen Hin und Her, weil ich grade meine Master-card nicht zur Hand habe, der Robot aber meine Num-mer haben mag, weil – ach was weiß ich – der Robot ein-fach Kacke programmiert ist, ist es nach dem dritten Anruf dann soweit. Ich komme in die Warteschleife für das Gespräch mit einem Menschen. Kaum zu fassen! Je-doch sind leider alle Servicemitarbeiter im Gespräch. Ach nein, wer hätte das geahnt? Das ist nämlich bei Service-lines der kleinste gemeinsame Nenner: Man kommt nie unter einer halben Stunde dran, weil die Firmen zu schrappig sind, Personal einzustellen, welches die Kun-den betreut. Die Roboterstimme legt mir ans Herz, mich doch in „zwischen-sechs-und-dreissig-und-acht-und-fün-fzig-Minuten" zurückrufen lassen.

Ich bejahe durch das Drücken der Eins. Und ich werde zurückgerufen. Nach knapp fünfzig Minuten ruft mich ein Robot zurück und nun muss ich mich erstmal umständlich verifizieren, dass er wirklich mich, den Anrufer von eben zurückgerufen hat. Ich könnt schier platzen. Nach dem folgenden Telefonat mit einer Mitar-beiterin, zu der ich nach weiteren wertvollen Lebens-minuten durchgestellt werde und der ich auch erkläre, daß es ja megahohl von PayPal ist, die Zertifizierungs-methode beim Login nicht umschalten zu können und so vorauszusetzen, der Kunde sei stets daheim, kann ich dann mein Passwort ändern und darf eine Stunde später wieder an PayPal teilhaben. Die Mitarbeiterin hatte mir dann sogar noch bestätigt, daß die Sache mit der Zertifi-zierung in Mache sei, aber leider fängt fünf Tage später in der Reha dasselbe Prozedere wieder an und ich kann mich wieder nicht anmelden, ohne zu Hause mein Tele-fon abzuheben und eine 7482 einzugeben. Boaahhhhh. Ich werde noch zum Feind der Technik.

Dann fahren wir zu einem Sportgerätegeschäft. (Ich wußte gar nicht, daß es sowas überhaupt gibt.) Damit nicht nach meiner Rückkehr direkt alle Vorhaben für die Katz sind, habe ich mir vorgenommen, ein Ergometer anzuschaffen, statt in einem Fitnessstudio Mitglied zu werden, welches ich ohnehin nie aufsuchen würde, weil der Weg von zu Hause zum Kühlschrank kürzer ist als von zu Hause zum Fitnessstudio. Auf dem Weg nach Chralottenburg mit der U6 und U2 nervt ein fidelndes Mädchen einer mobilen, ethnischen Minderheit mit grell blinkendem Humtata-Rucksack. Ich kenne sie. Sie spielt seit Monaten dieselben zwei Minuten eines klassischen Stückes (nein: es ist nicht der Kanon von Pachelbel) und sie ist während meiner Abwesenheit nicht besser geworden. Gegenüber sitzen zwei kopftuchtragende Mädels Anfang zwanzig: Sara, wie ich an der goldenen Namenskette erkenne und eine weitere, die nicht einen Deut schlanker ist als Sara. Die knatschengen Hosen sind randvoll mit Fleisch, beide sind zentimeterdick geschminkt (was ihre Hautunreinheiten aber nicht verbirgt, sondern eher betont) und ordinär laut in ihrem Gehabe. Auf dem Rückweg vom Sportgerätefachgeschäft (ich habe ein recht stabiles Ergometer für den 19.10. vorbestellt, Lieferung ab Bordsteinkante), knallt mir ein russischer Tourist seinen Hartschalenkoffer vor die Hand und haut mir fast die Finger zu Klump. Ihm folgt eine Achtergruppe italienischer Wochenendtouristen, die laut gröhlend alle Plätze um uns herum in Besitz nehmen. Italienisch ist ja ohnehin keine dezent leise Sprache, aber die Exemplare scheinen es auf die Spitze treiben zu wollen in punkto Lautstärke. Manchmal glaube ich übrigens tatsächlich, daß italienische Wort *Eeeeeeeee* ist mit mindestens 24.000 Übersetzungen belegt. Wir steigen Friedrichstraße aus und gehen nach Dussmann, dem sogenannten Kulturkaufhaus. Nicole will nach einem Buch schauen, welches man dort bereits in der Auslage präsentiert. Ich schaue nach der neuen LP von *Get well soon*, die man für einen Spottpreis von nur 29,90 Euros anbietet. Ich verzichte, da ich sie woanders bereits für 24 Euros gesehen habe, und erkundige mich stattdessen nach dem Buch *Technological Slavery* von Theodore Kaczinski, welches man mir nicht einmal zum Bestellen anbieten mag. Da habe ich mal wieder Glück, darf ich doch wieder beim bösen amazon bestellen. Wir verlassen Dussmann mit verschieden ausgerichteten Gesichtszügen und nehmen die U6, um direkt eine Haltestelle später wieder auszusteigen und ins Yuuko zu gehen, wo es am Wochenende für 12,90 Euro asiatisches Buffet gibt. Der Preis lag voriges Jahr noch bei 10,90 – aber egal. Unser Tisch liegt in Ausgangsnähe, was bei offener Tür ohnehin schon eine Zumutung ist, da draußen im Zweiminutentakt die Tram durch eine Kurve schleift. *Iiiiieeeehhhhhk. Iiiiieeeehhhhhk. Iiiiieeeehhhhhk. Iiiiieeeehhhhhk.* Aber daran gewöhnt man sich ja leicht mit einem Gehörhorizont, der bei einem Kilohertz endet. Als wir unseren zweiten Teller halbleer gegessen (oder der je nach Meinung nur noch halbvoll ist) haben, entert eine Touristengruppe von knapp vierzig (40!) pubertierenden Jugendlichen den Laden. Ich dränge Nicole, nach dem verbleibenden halben Teller die hausgemachte Limonade zügig zu leeren, da es mir jetzt echt reicht. Ich will hier weg aus der Innenstadt, ab in unseren Garten.

Dort habe ich allerdings die Rechnung auch ohne den Wirt gemacht: Zum einen sind unsere Nachbarn dort und die hardcorest-quasselstrippige Frau, die selbst vor einem Jahr eine Kur machen durfte, erkundigt sich megahartnäckig nach Therapiearten, Gruppengröße, und und und, bis ich mit dem Gartenschlauch in die andere Gartenhälfte wechsele und ihr mit Gebärdensprache deute, daß ich sie nicht verstehen kann, weil außerdem der Wind heute so steht, daß die Flugzeuge nach Tegel direkt unseren Garten überqueren. Meistens fliegen sie nämlich einige hundert Meter entfernt über Garten Nummer 5, heute über unsere Nummer 2. Als wir mit Gießen und Quatschen fertig sind, brechen wir direkt wieder auf, gehen heim und ich vernichte das übrige Drittel der Flasche Gin. Obwohl ich es schade finde, Nicole und unsere Frettchen morgen wieder verlassen zu müssen, freue ich mich auf der anderen Seite darüber, morgen Abend wieder in der Einöde zu sein ohne Touristen,

Straßenbahnen, Flugzeuge und U-Bahnen. Frau Ebeling hatte so recht mit der Begründung *Belastungserprobung*!

## Tag 25, Sonntag

Der Tag beginnt früh für mich. Da wir gestern bereits um neun im Bett gelegen hatten, bin ich um schon um sechs wach und lese bei einem Kaffee Nachrichten. Nach einer Stunde bin ich durch – der Kaffee leer und ich hau mich nochmals aufs Ohr. Als wir dann um neun wieder aufstehen, sehe ich daß Willy wohl auf dem Küchentisch war. Die Maus liegt auf dem Boden und am Laptop fehlen die Tasten F11 und F12. Gott sei Dank brauche ich die sowieso nicht. Überraschenderweise finde ich sie jedoch wieder und schaffe es sogar innerhalb einer halben Stunde, sie wieder funktionsfähig einzusetzen.

Wir decken den Frühstückstisch und ich stelle unseren Toaster (ein ominös großes, amerikanisches Modell, daß vier Scheiben auf einmal toasten kann und auch entsprechend Energie zieht) auf die Ablage, da wir die Brötchen, die wir gestern übrig gelassen hatten auf-toasten wollen. Nach einer Minute knallt die Küchen-sicherung durch, die auch für Licht in Flur, Bad und WC notwendig ist. Da im dunklen Flur, wo der Sicherungs-kasten hängt, recht schwer herauszufinden ist, welche Sicherung denn nun platt ist, vertagen wir das auf nach dem Frühstück. Danach geht die Suche los nach einer 16-Ampere-Sicherung, von der wir aber schließlich doch noch eine finden können. Kaum haben wir wieder Licht und ich beschließe nun doch zu Duschen, ruft meine Mutter an, um mitzuteilen, daß mein Onkel Arno gestorben sei. Das erfüllt mich nun wirklich mit Trauer, denn ich habe ihn echt gern gehabt. Der stets zu (zu) derben Späßen aufgelegte Mann, der mit seinem über-proportional dickem Bauch dem Fünfzigerjahrestereo-typen eines Heinz Erhard Filmes entnommen schien. Einer, der zwar auch seine Karriere im Sinn hatte, aber auch als absoluter Familienmensch anerkannt werden muss. Oft genug hatte ich dort in Bad Nauheim die Weihnachtsferien als Kind verbracht, hatte dort etwas Skifahren gelernt, um es dann in Duisburg wieder direkt zu verlernen und ich erinnere mich gut und gerne an unsere Unterhaltungen bei Familienfesten. Denn er war nicht nur lustig, sondern man konnte auch mit ihm über Gesellschaftliches, Kultur und alles denkbar andere lange Gespräche führen. Später, als ich nicht mehr im Ruhgebiet wohnte und Familienfesten nicht mehr beiwohnte, haben wir uns regelmäßig per Mail ausgetauscht oder telefoniert. Er war wirklich jemand, der gerne erzählte und dabei nie gelangweilt hat. Ich werde ihn echt vermissen. Das steht fest. Auch Nicole zieht der Todesfall runter und so begehen wir den Rest des Tages bis zu meiner Abfahrt eher nachdenklich und bedächtig.

Um halb sechs fährt mein Zug nach Leipzig, der Anschluß klappt ohne Probleme. Ich lese in meinem Simplicissimus und als ich in Dahlen ankomme, bin ich froh, Veit und Cäcilie schon aus dem Fenster des RE50 zu erblicken. Wir fahren zur Klinik und Veit erzählt, er sei mit Thorsten – dem oberbekloppten Leipziger – morgens Wandern gewesen. Zehn Kilometer, von denen Thorsten auch noch die Hälfte im Wald barfuß über Eicheln und Steine gelatscht sei. Was für ein Typ. Zu Hause angekommen, gehen wir noch auf zwei Biere ins *Fensterlädchen*, wo der freundliche Wirt unsere Bestellung mit einem „Auch das noch" quittiert und die Damen, die nach uns die Kneipe betreten und am hinteren Tisch Platz nehmen, anranzt „Ihr macht das wohl absichtlich, euch dahinten hinsetzen, damit ich so weit laufen muss."
Am Tisch wird noch über den Fall des komatös besoffenen Ungarn gesprochen und es stellt sich heraus, daß er die Klinik verlassen musste und zu einem Kostenbeitrag von 3000 Euronen herangezogen wurde. Ein stattlicher

Kurs für eine Woche zu frühes Abtreten, für je-manden, dem es bestimmt schwer fällt, das Geld zu be-rappen, da er nicht den Eindruck eines Investment-bankers machte. Aber er hätte es trotzdem besser wissen müssen.

## Tag 26, Montag

In der Nacht träume ich, daß die Beerdigung von Onkel Arno in Duisburg statt in Bad Nauheim stattfindet. Die Gesellschaft trifft sich auf dem Schulhof des Gymnasiums, auf das ich gegangen bin und außer meiner Tante habe ich niemanden erkannt. Doch: Mein anderer Onkel ist auch da, sieht aber aus, wie Hans Werner Sinn vom ifo-Institut. Was das wieder alles zu bedeuten hat? Als ich aufwache, fällt mir ein, daß ich neulich geträumt hatte, ich hätte meiner Frau eine kleine Nazipuppe im Kiosk gekauft, die den rechten Arm ausstreckt, wenn man ihr auf den Kopf drückt. So wie die Mönchsfiguren, bei denen der Pimmel aus der Mönchskutte kommt, wenn man ihnen auf den Kopf drückt und die in den Siebzigern in jedem zweiten Partykeller standen. Den Traum hätte mein Onkel Arno bestimmt lustig gefunden, aber nun kann ich ihm den nicht mehr erzählen.

Wieder einmal sitze ich in der Cafeteria und plötzlich knallt es neben mir am Fenster. Ich ahne bereits, was passiert ist und hoffe, daß es glimpflich ausgegangen ist. Als ich rausschaue, sehe ich meine Befürchtungen bestätigt: Eine kleine Kohlmeise ist vor die Scheibe geknallt und sitzt verstört auf der Fensterbank, kann nicht mehr wegfliegen. Vielleicht hat sie sich was gebrochen. Ich öffne das Fenster und greife nach dem Vögelchen, das keine Fluchtversuche anstellt. Obwohl noch andere Rehabilitanden in der Cafeteria sitzen, scheint niemand was mitbekommen zu haben. Ich nehme die Meise in meine linke Hand und fahre mit rechts den Laptop runter, packe alles ein und überlege, was ich nun tun soll. Laut Klinikleitung sind Zwei- und Vierbeiner in den Zimmern untersagt, was Vögel dann ja einschließt, Spinnen und Schlangen aber nicht. Ich denke, da war das Verbot einfach nicht gut durchdacht. Trotz des Zweibeinerverbotes nehme ich mir vor, die Meise, wenn nötig auf meinem Zimmer zu pflegen. Noch sitzt sie ganz verstört mit offenem Schnabel in meiner Hand. Rührt sich nicht. Ich wundere mich, wie leicht das Federknäuel ist – bestimmt nichtmal zehn Gramm. Ich verlasse mit Meise und Tasche die Cafeteria in Richtung meines Zimmers, was ungefähr hundert oder hundertfünfzig Meter sind. Im Gang kurz vor meiner Zimmertür wird der kleine Vogel plötzlich wieder fit, scheint sich berappelt zu haben und fliegt los, kann aber nicht raus da die begrenzenden Fenster alle geschlossen sind. Ich öffne das erstbeste Fenster und greife nochmal nach der Meise, die nun verwirrt am Boden sitzt, nehme sie und halte sie vors geöffnete Fenster. Sie fliegt laut tschilpend raus und bleibt auf dem gegenüberliegenden Strauch sitzen. Ich freue mich, daß sie anscheinend nur temporär außer Gefecht war und mir die Pflege erspart bleibt, auch wenn so ein kleiner Vogel als Zimmergenosse ganz süß gewesen wäre. Aber vielleicht hatte Herr oder Frau Meise ja auch Familie und wurde zum Mittag erwartet.

Gestern Abend hatte ich bereits festgestellt, daß ich meine Zahnbürste in Berlin vergessen hatte und heute habe ich nach dem Frühstück das Gefühl, als würde sich ein pelziger Belag auf meiner Kauleiste bilden. Ich suche um halb zehn – nach dem Frühsport, der mich beinahe wieder dazu bewogen hatte, das Frühstück von mir zu geben – den Kiosk auf, um mir sagen zu lassen, daß man dort keine Zahnbürsten habe. (Allerdings hat man Nagel-bürsten, Zahnpasta, Sitzbälle und Horoskopbücher). Auch in der benachbarten onkologischen und kardio-logischen Klinik gibt es keine Zahnbürsten. Patienten wie ich, die die Zahnbürste vergessen, scheinen selten zu sein und werden durch den Mangel der Ware abgestraft. Ich fahre also nach dem Mittagessen mit dem Bus nach rewe in Dahlen. Neben mir an der Bushaltestelle sitzt ein Reha-Patient, den ich vom Sehen her kenne und der mir mit starkem russischen Akzent bestätigt, daß dies die richtige Haltestelle sei. Dahlen entpuppt sich auch beim zweiten Besuch und Hinsehen als so schäbbiges Kaff, daß ein Photo nicht lohnt. Ein runtergekommener Ortskern, in dem wohl kein Pfennig des Solizuschlages ange-kommen ist und der deswegen von einem Drittel der Einwohner verlassen wurde. Jedenfalls steht etwa jedes dritte Haus leer. Am nahegelegenen Speckgürtel gibt es neben dem rewe-Geschäft, eine Apotheke, eine Spielhalle und zwei, drei andere Läden, deren Name und Sortiment ich heute am Dienstag, wo ich dies schreibe, bereits vergessen habe. Der Russe kommt mir im rewe abhan-den. Während ich Zahnbürsten suche und dann noch einen Kokos-Smoothie, eine Zitronenbuttermilch und drei Tafeln Schokolade einsacke (wobei eine für Veit ist), kann ich mir denken, wo er abgeblieben ist. An der Kas-se steht er dann wieder vor mir und meine Vermutung wird bestätigt: Nun weiß ich, daß es für gut sechzehn Euro zwei Dosen Corned Beef, eine eineinhalb Liter-flasche No-name-Cola und zwei Flaschen Doppelkorn gibt. Das ist mal ein Kampfpreis.

**Tag 27, Dienstag**

Thorsten will Holz sammeln. Seit Tagen labert er uns bereits die Ohren voll. Allerdings scheint in Sachsen ge-schlagenes Holz heilig zu sein. Auf dem Trimm-Dich-Pfad haben die Holzstammabschnitte für die Übungen sogar GPS zur Ortung (sogenannte *Polterortung*), falls eines der Einmeterstücke abhanden kommt. Das sollten die in Berlin mal mit den Kupferkabeln machen! Jedenfalls ist Thorsten noch und nöcher im Wald unterwegs und bettelt die Förster nach Genehmigungen an, die ihm alle eine Abfuhr erteilen. Da muss er wohl im Winter Holz für seinen Kamin kaufen.

Beim Mittagessen hat Piotr wieder viel zu erzählen: Er hat nämlich eine Spritze in den Rücken bekommen. Auf meine Frage, ob er nun wieder richtg mit vielen Kilos trainiere, verneint er. Er habe eine alte Frau, die mit ihrem Rollator einen Hang hinaufsteigen wollte und ge-stürzt sei, aufgeholfen und sich dabei den Rücken ver-zogen. Nie wieder würde er alten Leuten helfen. Ich denke an eine Mail meines ehemaligen Teamleiters, die so begann:

*„Urs ist krank, er hatte einen Umfall.*

*Er ist aber wieder wohl und auf."*

Danach versucht Piotr den neuen Essenswochenplan zu dechiffrieren. „Was ist den Mahtsches?"
Ich frage mich, was er da gelesen hat und lasse es mir auf dem Plan zeigen.

„Matjes ist roher marinierter Hering."

„Und was ist Gnochi?"
Er sagt wirklich Gnochi – mit *ch*.

„Gnocchi sind Kartoffelmehlnudeln."

„Iiih. Und Rucola?"

„Ein hippes Unkraut."
Da hat er genug.

„Boh, ey. Die wollen mich provozieren. Ey, ich reise schon am Wochenende ab."
Dann zeigt Piotr auf einen Typen, der beim Frühstück hinten am Kaffeetresen steht und eine Kanne abfüllt. „Ey, der sieht aus wie Mister Miyagi."

„Wer?"

„Der da."
Piotr zeigt auf den Mann, der ein leicht asiatisches geschnittenes Gesicht hat.

„Ja, ja, aber der sieht aus wie wer", frage ich, da ich schon wußte, welchen Mann er meint, aber Mister Miyagi mir kein Begriff ist. Piotr fragt in unsere Runde

„Ihr kennt Mister Miyagi nicht?"

Wir schauen ihn an, als ob etwas ganz Grundlegendes an uns vorbeigegangen sei. Als hätte er gefragt *Ihr kennt Angela Merkel nicht?*

„Ey, Mister Miyagi."

„Ja?"

„Das ist ein Kung-Fu-Meister aus den Karate-Kid-Filmen."

Wir sind beruhigt. Piotrs Welt, nicht unsere.

„Ach, so, ok."

Es stellt sich immer mehr heraus, wie schwer doch die Kommunikation mit sprechenden Heuhaufen ist. Aber wir werden das Ding schon schaukeln.

Ich öffne eine der beiden Tafeln Mandelschokolade bevor ich anfange die Nachrichten zu lesen. Nach dem ersten Stück nehme ich mir die Packung und drehe sie vorsichtig um, denn der Geschmack scheut seines-gleichen. Was habe ich denn da gekauft? Ich hatte nämlich im rewe meines Wissens Mandelschokolade gekauft und das hier schmeckte wie Oma unter den Armen. Ich lese den Markentitel: Mandelschokolade Quinoa vegan – boah! Ich probiere ein zweites Stück, was auch nicht besser schmeckt. Ich bin kurz davor die Tafel dem dualen System zuzuführen. Mann, ist das eklig. Ei-gentlich mag ich Mandelschokolade in allen Variationen, aber das hier schlägt dem Fass den Boden aus. Kurz vor dem Abfalleimer mache ich dann halt. Ich muss mich daran erinnern, was man uns Sechzigerjahrekindern immer Angesicht der unicef-Spendenplakate mit groß-äugigen und dickbäuchigen Biafrakindern, denen Fliegen auf den Augenlidern sitzen, erzählt hat, wenn wir etwas nicht aufessen wollten: *Und die Negerkinder in Afrika verhungern!* Ich hadere mit mir. Soll ich wegen der hungernden Kinder in Afrika die Tafel essen? Ach, scheiß drauf. Wen ich mir den Mist reinwürge, da überlebt kein Biafrakind mehr durch. Ich führe meine Hand, die ich eben wieder über den Schreibtisch auf dem Laptop steht hochgezogen habe, wieder hinunter in Richtung Abfall. Da fällt mir der Bericht auf der Süddeutschen ein über Quinoa: Ein sehr vitamin- und spurenelementhaltiges Getreide aus den Anden, welches die einheimische Bevölkerung (peruainische oder chilenische Indios – ich weiss es nicht mehr ganz genau) essen und was ihnen Kraft und Gesundheit spendet. Außerdem wird seit neuestem sogar Quinoa-Shampoo vertrieben, welches den Indios gegen allerlei mehrfüßigem Getier hilft, wenn sie sich damit die Haare waschen. Fakt ist aber auch: Wir hier in Mitteleuropa haben weder dieses Getier, noch leiden wir an qualitativer Unterernährung, was Vitamine oder Spurenelemente angeht – vorausgesetzt wir ernähren uns in erster Linie nicht von Ritter Sport Mandel Quinoa vegan. Trotzdem habe ich nun vier Gründe, die Tafel nun doch zu essen: Vitamine und Spurenelemente, die Biafrakinder und die Indios, die nun für meinen unnützen Luxus dieser Schokolade mit Läusen und Zecken auf der Kopfhaut an Magelernährung erkranken und die Skorbut dahinraffen wird. Ich brauche fünf Tage, die Tafel artgerecht zu vernichten.

Abends nehmen Veit und ich uns wieder vor, uns wieder vierzig Minuten aufs Ergometer zu schwingen und wollen Thorsten überreden, doch auch mitzukommen. Der verweigert jedoch mit dem Argument, er sei heute bereits zehn Kilometer im Wald auf der Suche nach Förstern und Holz herumgelaufen. Nachdem wir zwanzig Minuten auf dem Ergometer sitzen, kommt er dann doch plötzlich in den Raum. Allerdings nur, um uns zu kon-trollieren. Daran erkennt man wohl einen wirklichen DDR-Bürger!

**Tag 28, Mittwoch**

Ich stehe morgens mit Halsschmerzen auf und denke, daß ich wohl mal wieder geschnarcht habe und mit offe-nem Mund dalag, wie ein Fisch. Aber weit gefehlt. Nach dem

Frühstück gesellen sich Schnupfen und Kopf-schmerzen dazu. Nach dem Mittag habe ich dann auch Gliederschmerzen und lege mich ab. Soll mich doch Herr Bartel mit seiner Fitness um halb drei kreuzweise. Ich schlafe. Als ich gegen vier aufwache, merke ich, daß sich Fieber dazugesellt hat. Ich friere, als ich mich aus dem Bett schäle. Im Schwesternzimmer, sagt man mir, daß ich um halb fünf zu Herrn Brunner, dem Stationsarzt von Station 5 gehen könne. Herrn Brunner erkläre ich dann, daß ich lediglich Halsschmerztabletten haben wolle, da ich auf Schmerzmittel der NSAR-Gruppe allergisch rea-giere. Er schaut mich an, als habe man ihm grade die Unschärferelation erklärt. Ich führe aus: „Also kein ASS, kein Tomapirin, kein Diclofenac, kein Ibuprofen."

„Dann also Paracetamol."

„Nein, das gehört auch zur NSAR-Gruppe."

„Grippostad?"

„Nein."

„Aber sie nehmen doch ASS. Da!"

Er deutet auf meine Akte, wo steht, daß ich zur Des-aktivierung täglich 300mg ASS nehme. Ich kläre ihn auf, daß diese 300mg exakt einzuhalten seien, nicht mehr, nicht weniger und auch sonst nichts, was damit ver-wandt ist. Er ist er Vierte, em ich dies in vier Wochen er-klären muss.

„Auch kein Paracetamol?"

„Nein."

„Diclofenac?"

Ich erspare hier dem Leser die zahlreichen Wieder-
holungen und irgendwann gibt Her Brunner, der einzige
und wahre Halbkünstler der Medizin, auf. Er fragt mich,
was ich denn gegen Schmerzen nehme und ich erkläre
ihm, daß ich gegen Kopfschmerzen Kaffee mit Zitrone und
Honig trinke oder bei Rückenschmerzen ein ABC-Pflaster
wähle. Er fragt, was ich denn sonst nehmen würde und
mir fällt der Name *Tramadol* nicht ein, daher sage ich, daß
ich auch ein Medikament hätte, dessen Name mir jetzt
nicht einfällt und daß es sich dabei um ein synthetisches
Opiat handele. Er schaut schon wieder wie
Unschärferelation. Dann fragt er: „Wer hat denn die
Aufnahmeuntersuchung gemacht?"

„Das war die Schwester von Station 1, bei der sie
eben die Akte geholt haben."

„Und wer war das?"

„Das war die Schwester von Station 1, bei der sie
eben die Akte geholt haben."

„Name?"

„Gado oder Gedo oder Goda. Ich weiß es nicht,
aber sie waren doch eben da."

„Und der Name, von dem der die Untersuchung bei Ankunft gemacht hat?"

Ich werde langsam aggressiv. Herr Brunner macht auf mich keinen Eindruck eines Arztes, eher eines hirnorganisch Behinderten, der sich einen Abschluß an der medizinischen Fern-Fakultät von Berg Karabach erschlichen hat.

„Ja, das müssen sie doch wissen, das sind doch ihre Kollegen!"

Herr Brunner wechselt das Thema.

„Welche Halsschmerztabletten möchten sie?"

„Mir egal, irgendwelche."

„Sind sie allergisch auf Tee?"

Was soll das nun wieder? Ich habe noch nie von einer Tee-Allergie gehört.

„Nein."

Das Knödelhirn schreibt mir eine (eine!) Halsschmerztablette auf und Heil-Tee. Da wir in Sachsen sind, vermute ich einen Sieg-Heil-Tee.

Gegen sieben Uhr abends kann ich mir endlich die Halsschmerztablette und den Tee im Schwesternzimmer bei Schwester Gedo oder Goda abholen und schaue mir dann im Bett noch eine Dokumentation über Verbrechen im Ruhrgebiet der Sechziger und Siebziger an, in der jede

Menge alternde, lustige Luden interviewt werden. Dann lösche ich das Licht und versinke in einen merkwürdigen Fieberschlaf.

## Tag 29, Donnerstag

Ich fühle mich immer noch krank und sacke im Speisesaal zwei Brötchen, Frischkäse und Nutella ein. Fülle mir meinen Kameradenbetrüger voll Kaffee und verziehe mich auf mein Zimmer. Nicht nur, um meine Tischkollegen vor demselben Infekt zu bewahren, sondern auch, weil ich keine Lust habe mit Gliederschmerzen am Tisch herumzueiern. Nach dem Frühstück gehe ich mir heißes Wasser für eine neue Ladung Sieg-Heil-Tee holen und suche das Schwesterzimmer für eine Dobendan auf. Als ich mit leicht zynischem Unterton sage, daß man mir gestern ja nur eine Tablette gegeben habe, weil man bestimmt Angst hatte, daß ich mich mit dreien umgebracht hätte, bekomme ich plötzlich fünf Stück.

Das Mittagessen muss ich am Platz einnehmen. Auf dem Weg treffe ich Thorsten und Veit. Thorsten ist völlig aus dem Häuschen, weil er endlich von einem Förster einen Holzschein bekommen hat und Veit meint, nun sei er endgültig irre geworden. Sie hätten den gesamten Vormittag Holz gesammelt und bereitgelegt. Er hätte sogar sein PMR dafür ausfallen lassen, aber das sei ja ohnehin nur von CD. PMR von CD ist nämlich die Hölle. Zu dem Dudelsound gibt ein Mann mittleren Alters mit unendlich nervtötender, weichgewaschener Stimme die Anweisungen und nach jeder Anspannen-Entspannen-Sektion sagt er „... fühlen sie, wie ihr Arm eeeentspaaaannt ist. Ganz eeentspaaaannt."

Bei jedem eeeeentspaaaannt wünscht man sich, dieser nervtötenden Kröte mit einem Viehtreiber gegenüber zu stehen, um ihn auch mal so richtig zu eeeentspannen.

Abends ist wieder Heim-Grillen angesagt, daß heißt, es gibt auch ein reichhaltiges Käsebuffet, welches ich als viel begehrenswerter empfinde, als einen gegrillten Gemüse-Papp. Piotr jammert herum, weil er am Freitag zum ersten Mal im Leben Akupunktur bekommt und befürchtet, daß es weh tun könnte. Wir machen ihm Mut und schließlich gibt er Ruhe. Ich muss meine zweite Flasche Bier mit auf's Zimmer nehmen, da ich mit dem Trinken zu langsam bin – das wäre mir vor zwei Mona-ten noch nicht passiert. Im Nachgang habe ich von dem Ur-Korsitzer (kein Bückbier) elendes Sodbrennen und muss im Sitzen schlafen. Was für ein Elend.

## Tag 30, Freitag

Ich lasse einen Großteil der Therapien wegen meiner Erkältung ausfallen, den Frühsport mit Gliederschmerzen ist echt nicht meine Tasse Tee. Das PMR macht heute Herr Döring, was bedeutet, daß die Sache wieder von CD kommt. Hab ich so nötig wie ein Loch im Kopf. Apropos Loch im Kopf: Veit und ich überlegen täglich, ob wir nach fünf Wochen zielgerichteter Ver-blödung überhaupt noch für unsere Arbeit taugen und ob man uns das anmerken wird. Wir kommen uns mittlerweile arg verdummt und albern vor und jeder zweite Satz ist ein Kölsches Gesetz:

„Heute macht PMR Doktor Döring, wer ist das?"

„Kenne mer nit, bruche mer nit, fott domet!"

Oder

„Morgen gibts gar keine Suppe, obwohl Samstag ist."

„Et bliev nix, wie et wor!"

Bei der Einzeltherapie erzählt mir Frau Ebeling, daß sie in zwei Monaten mit ihrer Familie nach Bottrop ziehen wird. Ihr Mann ist Enkel polnischer Einwanderer. Der

Großvater war Bergmann. Das finde ich als Duisburger mal echt einen Hammer. Jemand zieht freiwillig ins Ruhrgebiet.

Abends im Fensterlädchen, gibt Johannes, der nette Wirt sein bestes. Ein Reha-Kollege hat den Plastikschraubverschluss seines Underbergs verschlampt und der Wirt bläfft ihn beim Einsammeln der Gläser an „Wo ist der Schraubverschluss?"

„Ähhhh."

„Der Schraubverschluss?", setzt er nochmals ungeduldig nach. Doch unser mittlerweile nervöse Kollege kann den Verschluss nicht finden. Es ist ihm sicht-lich peinlich, den Müll verbummelt zu haben. Als Thor-sten, Veit und ich die letzten sind und ihn fragen, ob die Kneipe finanziell überhaupt lohnt, haut er raus:

„Der liebe Herrgott schickt mir immer drei Idioten, die saufen."

Mann, hat der Nerven.

**Tag 31, Samstag**

Nach dem Frühstück brechen Veit und ich in die Sächsische Schweiz auf. Es geht nach Stadt Wehlen. Die

Hinfahrt ist soweit ganz gemütlich. Kurzzeitig kommt es zu einen Stau und wir bewundern mehrere Autofahrer, die so dreist sind, die Rettungsgasse für sich in Anspruch zu nehmen. In Stadt Wehlen wird mir klar, wieso die Sächsische Schweiz so heißt. Winzige Gassen und alles sehr sehr hügelig. Das könnte nie mein Ding werden. Außerdem besteht Stadt Wehlen ausschließlich aus Einbahnstraßen, Sackgassen und besetzten Anwohnerparkplätzen. Als wir kurz vorm Meltdown doch einen freien Parkplatz finden und ihn ad hoc belegen, meldet sich ein alter Knacker, der auf einem Gerüst sitzt und seine Hausfassade streicht zu Wort.

„Für Einwohner."

„Wie?"

„Da vorn das Schild."

Er deutet die Straße bergab.

„Und die kontrollieren auch", will Veit wissen.

„Ja."

Derweil öffnet eine Frau, wohl die Gattin des IM, das benachbarte Fenster und schaut interessiert. Gab es ja noch nie – zwei Nicht-Eingeborene, die hier parken wollen.

„Und das kostet dann einen Zehner", fragt Veit.

„Fünfundzwanzig", weiß der Ex-Stasi-Mann mitzuteilen.

Ich sage zu Veit, daß wir besser sofort wieder losfahren, denn der Typ würde mit Sicherheit sofort das Ordnungsamt benachrichtigen. Veit ist auch meiner Meinung und wir steigen wieder ein. Ein paar Häuser weiter fragen wir nach dem Weg, denn Veit will noch schauen, wo eine Ferienwohnung liegt, die er gemietet hatte. Günstigerweise liegt die auf der anderen Seite der Elbe und so müssen wir knapp zehn Kilometer zurück nach Pirna, dort über die Brücke und dann wieder zehn Kilometer flussaufwärts zur anderen Seite Stadt Wehlens. Aus Pirna kommt uns ein Abschleppwagen entgegen und wir überlegen, wie das wohl ist, aus Stadt Wehlen nach Pirna abgeschleppt zu werden. Man kann dann bestimmt die zehn Kilometer zu Fuß machen, um seinen Karren zurückzuholen, da der Bus (soweit es überhaupt einen gibt) samstags nur alle drei Stunden fährt. So ist das in der Sächsischen Schweiz. Dort schickt uns das Navi über Serpentinen und einspurige Wege und zack ist man schon da. In einem Gasthof gehen wir noch was essen und genießen die Aussicht aufs Elbtal. Fast wie im Urlaub und dann fällt uns plötzlich ein, daß wir unsere Ruhe haben und uns Piotr beim Essen gar nix Un-interessantes erzählt. Ein kleiner Traum wird wahr.

Wir fahren weiter nach Königstein, um die Festung zu besichtigen. Königstein ist ein Kaff. Kleiner als Dahlen nur touristischer. Bemerkenswert sind nur die Hochwassermarken im Ort. Ich wundere mich, daß die Häuser überhaupt noch bewohnbar sind. Ganz Königstein muss 2003 bis zum zweiten Stock unter Wasser gestanden haben. Krasse Sache. Wir nehmen einen antiken Doppeldeckerbus mit dem Kennzeichen PIR-AT 98 zum Bimmelbahn-Bahnhof und fahren dort mit derselben weiter bis zum Festungsparkplatz. Wir sind nämlich faul und unsere allabendlichen Besuche des Ergometers nach einem Bier vergessen. In die Festung fährt ein Lastenaufzug, der auch Autos hochtransportiert. Neben dem schönen Ausblick von oben aufs Sandsteingebirge und auf ein paar Raddampfer, die die Elbe entlangschippern fallen und die vielen russischsprachigen Touristen, die schreienden Kinder und das fehlende WLAN und O2-Netz auf, denn wir wollen wissen, von wem der Sieb-ziger-Hit *Hallo Bimmelbahn* war. Danach unterhalten wir uns noch eine Zeit darüber, was das damals für arme Schweine gewesen sein müssen, die diese Festung haben bauen müssen und ob die denn auch im Anschluß eine Kur beantragen durften, was wir einvernehmend verneinen. Resigniert fahren wir mit dem Lastenaufzug wieder nach unten.

Auf der Heimfahrt müssen wir Wermsdorf kreuzen, doch dort ist das Horstseefest mit der Nennung der Fischkönigin und die Sachsen haben ganz rigoros die Landstraße gesperrt, obwohl unseres Erachtens dazu gar kein Grund besteht. Denn von der Landstraße geht ein Weg zum Parkplatz ab und dahinter beginnt erst das Fischfest. Nun spielt also wieder das Navi irre und leitet uns in der früh eingesetzten Dunkelheit durch Straßen, wo Veit schon bei Tage nicht langfahren mag, wie er glaubhaft versichert. Zwanzig Minuten später als geplant sitzen wir dann in der *Heiderose* – der Wirtschaft neben dem *Fensterlädchen*, wo das Essen besser ist und wo auch mehr als zweiundzwanzig Personen im Innenraum Platz haben. Dafür werden wir dort ignoriert. Die beiden Serviertöchter finden alles wichtiger als uns, so werden Tische umgestellt und Stühle für eine kommende Partie *Reise nach Jerusalem* verrückt. Schon bevor unser Bier serviert wird, beschließen wir, den Laden niemals wieder aufzusuchen. Zugegeben: Allzu viel Gelegenheit haben wir dazu ohnehin nicht mehr, aber egal.

**Tag 31, Sonntag**

Thorsten fährt nach Leipzig, um dort die beiden Hinterbänke seines Transporters abzuladen. Endlich hat er es geschafft und an die drei Zentner Holz zusammengetragen. Doch noch ist das Spiel nicht gewonnen. Er muss noch mit dem Förster über den Preis verhandeln.

Da der Tag ansonsten recht ruhig vonstatten geht, hier die Vorstellung eines neuen Rehabilitanden, der mehr als nur auffällig ist und zu den verschiedensten Vermu-tungen Anlass gibt, denn der Reha-Aufenthalt ist geprägt von einem Kommen und Gehen – und so wie die ein-gangs erwähnten optischen Highlights den Kurbetrieb bereits alle verlassen haben, sind neue Exoten nach-gerückt. Der hier ist wirklich speziell: Ein Mittfünfziger, von dem wir bereits gehört haben, daß er Straßen-bahnfahrer ist. Ein Arbeitskollege der ebenfalls hier weilt, hat ihn erkannt und gesagt, daß er nicht mit *dem da* sprechen wolle, daß sei der, der immer alle Fahrgäste anblöke. Die Type erscheint stets in kurzer Hose, die seine unattraktiven Stockbeine bloßstellen. Mit diesen stakt er wie wild umher, denn er pendelt nicht nur im Speisesaal geschätzte tausendmal zwischen Buffett und Tisch hin und her, sondern geht auch in der Wirtschaft (so wie wir es gestern in der *Heiderose* beobachten durften) in einer Stunde mindestens fünfmal zum Klo. Auf diesen Beinen thront ein Hintern, den er durch seine stets gebückte Körperhaltung merkwürdig nach hinten raus streckt. Das lässt die eher einfältige Klientel vermuten, daß es sich um eine Schwuchtel handele. Diesen Gedanken finde ich aber absurd, denn der Durchschnittsschwule besitzt – zwar teils ein merk-würdiges, aber immerhin doch – ein Grundverständnis an Ästhetik und würde sich selbst so nicht in Szene setzen. Gehen wir weiter aufwärts von Richtig Hinterteil. Sein Oberkleid besteht zumeist aus T-Shirts. Auch ein Pink Floyd T-Shirt hat er bereits getragen. Vorn das *Dark Side of the Moon* Signet, hinten den *The Wall* Schriftzug. Auch komisch. Sonst neigt er aber zu Basketball-T-Shirts, also mit weit ausgeschnittenem Arm, nah dran an den 80er-Muskelshirts, die man in einem Borat-Film ver-ortet. Leider hat er keine sichtbaren Muskeln, was das ganze eher lächerlich erscheinen läßt. Seine Arme sind dünn und schlapp, vielleicht hat er mal trainiert oder war dick, denn an den Oberarmen hängt auch Haut und Fleisch herunter. Sein Hals ist stets geschmückt mit einer panzerkettenähnlichen schweren, silbernen Kette und seine Ohren zieren einige Fleshtunnels, nicht über-trieben groß aber insgesamt dann doch vier oder fünf an der Zahl. Der ganzen Erscheinung setzt der Kopf die Krone auf: Eine zu große zinkenähnliche Nase schaut aus einem beinahe krankhaft schmalen Gesicht, die paar übriggebliebene Haare sind beinahe zur Glatze rasiert und die vorstehenden Augen blicken hektisch und stechend wild umher. Insgesamt geben die Eigenschaften dem Gesicht etwas vogelhaftes, ohne nun Vögel als solche verunglimpfen zu wollen. Man könnte trotzdem geneigt sein, ihn als häßlichen Vogel zu bezeichnen, wenn man den Begriff schäbbiges Knäppken vermeiden möchte.

Weiter haben wir seit einiger Zeit – nun beinahe schon seit zwei Wochen – einen neuen, fünften Tischnachbarn. Den habe ich bisher nicht vergessen zu erwähnen, aber er ist in seiner Gesamtheit einfach recht eigenschaftsfrei (dennoch aber nett). Ein Lastwagenfahrer aus dem Erzgebirge, Anfang sechzig. Früher hat er die Fertig-bauteile für die Plattenbauten gefahren, heute fährt er neue Kraftfahrzeuge durch Europa, seit eineinhalb Jahren aber wegen eines Schulterleidens nicht mehr. Er ist also kein Schmetterling, sondern Ente (ohne Stock). Optisch ein völlig unauffälliger Typ mit dunklem Haar, von durchschnittlicher Gestalt, normalem Habitus und ohne jede diffarmierbare Eigenschaft. Lediglich auffällig ist, daß er anscheinend alles irgendwie lustig empfindet. Nach jedem Satz, jeder Floskel, jeder Ansprache setzt er ein leises, aber gut hörbares Höhöhöhöhöhöhö-Suffix nach.

„Guten Morgen, höhöhöhöhöhöhö", grüßt er.

„Morgen."

„Ich hab schon Kaffee geholt, höhöhöhöhöhöhö."

„Schön, guten Appetitt."

„Danke, höhöhöhöhöhöhö."

„Und, was hast Du gestern so gemacht."

„Ich war in Tschechien, höhöhöhöhöhöhö."

„Und wie wars?"

„Och, ganz nett, höhöhöhöhöhöhö."

Das Höhöhöhöhöhöhö schränkt unsere Motivation, uns mit ihm zu unterhalten empfindlich ein, aber das macht nichts, denn er hat sich bereits am vierten oder fünften Tag einen Kurschatten angelacht. Eine Endfünfzigerin aus meiner Therapiegruppe, die irgendwelche dras-tischen Probleme hat, denn außer daß es ihr schlecht geht, sie schlecht geschlafen habe und sie nicht darüber reden mag, sagt sie nie etwas. Falls dann nochmals nach-gefragt wird, fängt sie meist direkt an zu weinen. Der Kraftfahrer scheint aber genau an dem Enzym anzu-docken, denn seine Höhöhöhöhöhöhö-Art scheint auf die geschiedene Erzgebirgerin zu wirken. Vielleicht ist es aber auch die gemeinsame Herkunft. Wer weiß das schon?

## Tag 32, Montag

Am Freitagabend hatte ich eine Korrektur meines Therapieplans im Postfach und feststellen müssen, daß mein Anliegen, daß ich unserem Chefarzt vorgetragen hatte, fehlinterpretiert worden ist. Eigentlich hatte ich ihn gebeten, meine Abreise von Donnerstag auf Mittwoch zu verschieben, da ich Donnerstag auf die Beerdigung meines Onkels gehen wolle. Trotzdem habe ich alles so im Plan, als würde ich Donnerstag auf-brechen. Alle abschließenden Untersuchungen sind für den Mittwoch eingeplant. Ich bin etwas aufgedreht und hektisch, renne vom Schwesternzimmer übers Chef-sekretariat zum Oberarzt und versuche umzuplanen. Da-durch versäume ich dann auch schon alle Therapien und Anwendungen, die für den Montag geplant waren. Bei einem Großteil fällt mir das nicht schwer. Frühsport mit Herrn Bartel ist ohnehin eine Plage. Nichts gegen den übermotivierten Herrn Bartel, der zweifelsohne stets – obwohl bereits verrenteter Profisportler – der Fitteste aller Teilnehmer seiner Gruppen ist, sondern nur gegen Sport um acht Uhr morgens. Über das Thema PMR von CD hatte ich ja bereits berichtet. Und da macht es dann keinen Unterschied, ob Herr Brunner oder Herr Döring die CD einlegt. Es bleibt grausig. Mittags hätte ich dann noch eine Infoveranstaltung zum Thema Kreativität ge-habt, aber Kreativität stört mich nur in meinem ab kom-menden Montag anstehenden Berufsalltag. Also lasse ich das auch weg und renne stattdessen von Büro zu Büro, sitze elend lange in den Gängen auf den Bänken und warte darauf, daß mir jemand den Plan ändert und ich meine Entlassungsgespräche und –untersuchungen Dienstag statt Mittwoch habe.

Ich lerne beim Warten eine Polin oder Russin aus Dessau kennen, die wie ich beim Chefarzt vor der Tür sitzt und wartet. Sie saß bereits einige Zeit vor mir auf der Bank und ich setze mich neben sie. Sie ist mir schon häufiger aufgefallen, klein, schmal, Mitte fünfzig, rotgefärbter Zopf und die für Polinnen und Russinen typischen Glitzer-steinchen an allen Klamotten. Selbst an Jogginganzügen. Sie klagt mir ihr Leid.

„Seit vier Tagen versuche ich zum Chefarzt zu gehen", beginnt sie.

„Seit vier Tagen? Und wieso klappt das nicht?"

„Immer nimmt er alle anderen vor mir dran und dann hat er keine Zeit mehr und sagt, ich soll morgen oder um zwei Uhr wiederkommen."

„Das kann doch nicht sein."

„Doch, gestern war ich um elf hier, dann hat er drei andere vor mir drangenommen. Und dann hat er gesagt, ich soll um zwei Uhr kommen und dann hat er gesagt, ich soll heute wiederkommen."

„Na ja, jetzt wird er sie dann ja wohl drannehmen."

„Ich weiß nicht."

Einige Minuten später öffnet sich die Tür und Chefarzt Janssen kommt heraus und schaut mich an.

„Sie sind der Herr…"

„Ingenpaß."

„Und sie wollten…"

„Nochmals wegen der frühzeitigen Entlassung vorsprechen."

„Kommen sie rein."

„Aber hier die Frau…"

„Kommen sie rein."

Ich blicke auf die Polin oder Russin. Die zuckt mit den Schultern, als wolle sie sagen *Hab ich doch gesagt*. Später, als alles geklärt ist, treffe ich sie nach dem Mittagessen im Gang und sie sagt im Vorüberehen:

„Hat gesagt, ich soll um zwei Uhr wiederkommen."

Abends sind wir dann nochmals im *Fensterlädchen*, denn wir haben uns vorgenommen, die letzten Tage Ergometer Ergometer sein zu lassen und Genuss und Gesellschaft zu fröhnen. Bernd, der Polizist aus Pforzheim wird entlassen. Ich verstehe ihn fast nie mit seinem Schwäbischen oder Badischen oder was das auch immer ist, aber er ist ein netter Typ, der es ja sogar geschafft hat, die missmutige Berlinerin neben sich am Tisch zum Lachen zu bringen (was ihm den Titel eines Frauen-verstehers eingebracht hat) und wir wollen nicht fehlen, wenn er seinen Ausstand gibt. Neben ihm sitzt die Blonde, die die ganze Zeit über mit ihm herumgehangen hat. Es stellt sich heraus, daß sie aus Spandau kommt und im Büro des Jugendamtes arbeitet. Die Stellen wur-den von vier auf drei runtergekürzt, dafür kam mehr Arbeit hinzu. Wie überall. Wieso bezahlt man eigentlich soviele Rehas, wieso ändert man nicht die Arbeits-bedingungen? Bestimmt ein Kostending. Alle haben ihre Halbliterpötte Freiberger vor sich stehen, bis auf die Spandauerin, die mehr zu Süßem neigt. Sie trinkt Kirschlikör auf Eierlikör. Ich habe mal gehört, daß man das im Ruhrgebiet *Geschwür* nannte und außerdem: Gab es sowas nicht auch mit grünem Likör und nannte sich Froschkotze? Dann natürlich Thorsten, der ein Null-Dreier-Glas, aber dafür eine Null-Fünfer-Flasche Schwarzbier vor sich hat. Die große Ausnahme ist Veit, der immer Null-Dreier-Gläser bestellt, damit er das Freiberger kühler trinken kann. Darauf kann es von Johannes, dem Wirt nur einen zynischen Kommentar geben.

„Kannst du kein Großes bestellen? Wegen dir muss ich die ganze Zeit hin- und herrennen."

Ich werde das *Fensterlädchen* vermissen, das steht jetzt schon fest. Nach meinem vierten Freiberger ist Feierabend. Wir verabschieden Bernd, der noch mit der Spandauerin eine Runde draußen dreht am nächsten Morgen habe ich einen Schädel. Freiberger ist eben kein Bückbier.

**Tag 33, Dienstag**

Ich habe nach der letzten Gruppentherapie Post im Fach. Die letzten Termine wurden verschoben und ich gehe also ein letztes Mal zum Blutdruckmessen, gebe meine Sieg-Heil-Teekanne ab und der Oberarzt Herr Doktor Schultz schaut mich streng, aber trotzdem auch mit gut-mütigen Blick an, als ich ihm erkläre, was ich denn für mich mitnehme. Ich bin dabei nicht so blöd, wie Thor-sten, der erzählt, er habe gesagt, die Bettwäsche, weil der Fernseher habe eine zu kleine Diagonale.

Um halb zwölf gehen Veit und ich zu Frau Ebeling. Wir haben jeder einen Wein als Abschiedsgeschenk, da sie sich wirklich viel Mühe mit uns gegeben hat. Sie meint dann zwar, daß sei selbstverständlich, aber da sind wir anderer Meinung. Nachdem wir ihr den Wein gegeben haben, holt sie einen Umschlag.

„Ich habe gestern auch noch etwas für sie gekauft", sagt sie und öffnet den Umschlag. Sie überreicht uns jeder eine Karte. Auf Veits steht:

*Gott, gib mir die Gelassenheit, Dinge*
*hinzunehmen, die ich nicht ändern kann,*
*den Mut, Dinge zu ändern, die ich ändern kann,*
*und die Weisheit, das eine vom anderen zu*
*unterscheiden.*

Und auf meiner:

*Nicht mein Zirkus. Nicht meine Affen.*

Dann sagt sie „Und mir hab ich auch eine mitgebracht" und zeigt sie uns:

*Je größer der Dachschaden,*

*desto freier der Blick auf die Sterne.*

„Und wann geht es nun nach Bottrop", frage ich sie.

„Das steht noch nicht fest, da wir die Wohnung wohl doch nicht bekommen."

„Aber hier ist dann im Dezember Schluss?"

„Überstunden abgerechnet schon Mitte November, dann können die mich am Arsch lecken."

Frau Ebeling macht das schon richtig. *Nein*-Sagen. Grenzen ziehen. Das müssen Veit und ich bald unter Beweis stellen.

Abends geht es dann wieder ins *Fensterlädchen*. Diesmal geht es um meinen Ausstand. Während wir da sitzen überlege ich, was ich sagen würde, würde man mich fragen, ob ich lieber weiter in Berlin oder lieber dort in Nordsachsen in der Einöde meine Zukunft verbringen wolle. Letztenendes würde ich mich vielleicht tatsächlich für Schmannewitz entscheiden. Die Ruhe dort ist einmalig. Und als wir aufbrechen und ich mich von Johannes verabschiede, sagt er „Hauptsache, du hast hier mal ein ein paar anständige Menschen kennengelernt. Ich wünsch dir alles Gute, machs gut und bleib gesund!"

Das entspricht gar nicht seiner Art und ich bin ein Stück weit gerührt.

## Tag 34, Mittwch (Abreise)

Nachdem ich mein Zimmer aufgeräumt, den Fernseher wieder angeschlossen und das Bettzeug abgezogen habe, nehmen wir unser letztes gemeinsames Frühstück. Ich werfe auf dem Balkon meines Zimmers stehend noch einen Blick in die umliegende Natur. Dabei fällt mir die Eiche auf, die einige Meter vor meinem Balkon steht. Als ich angereist war, stand sie da in sommerlicher Pracht. Saftig grüne Blätter zierten die Äste des Baumes, der mit seiner Höhe von vielleicht sieben oder acht Metern fast so hoch war, wie das Klinikgebäude. Nun, bei meiner Abreise, ist es auch für sie Herbst geworden und das Laub ist gelb. Von einem Teil seiner Blätter hat die Eiche sich schon getrennt. Mir wird etwas traurig zumute, wie mir Ankunft und Abschiednehmen auch in dieser Form vorgehalten werden. Auf der anderen Seite kann es ja eigentlich schöner nicht sein. Der immerwährende Reigen von Kommen und Gehen, der auch das Leben in der Reha so prägt. Veit hatte bereits gesagt, daß nun ja fast alle schon gegangen seien und er kaum noch Lust habe, neue Kontakte zu knüpfen. Wird er derjenige sein, der das Licht ausmacht, bevor die Eiche hier kahl wird? Danach putze ich mir noch die Zähne, räume mein Zim-mer und gebe den Schlüssel zusammen mit meinem Reha-Heft am Empfang ab. Ich setze mich ins Foyer und warte auf den Bus. Mich überfällt ein komisches Gefühl. Nach fast fünf Wochen kommt mir das alles so vertraut vor, daß ich denke, daß wäre das wirkliche Leben gewor-den.

Petra, die Pfarrerin kommt mit ihrer irischen Harfe und spielt für mich *Auf Wiedersehen, ihr Freunde mein*, dann verabschieden sich Roswitha, Thorsten, der durchge-knallte Leipziger Eisenbahner und Veit von mir. Veits Augen werden rot und feucht und auch ich stehe kurz davor, daß mir die Tränen kommen. Doch viel Zeit bleibt nicht. Es ist fast halb neun und auf die Kollegen wartet Schwimmfitness, Melissenbad und Musiktherapie. Bald kommt der Bus und fährt Liane aus der Gruppen-therapie, mich und eine weitere Rehabilitandin, die wir nicht kennen, die aber umso mehr zu erzählen hat, zum Bahnhof Dahlen. Zum *Haupt*bahnhof Dahlen. Die Kur ist also nun zu Ende.

**Epilog**

Um halb zwölf hat mich Berlin dann wieder verschluckt. Mit all seinen tausenden Menschen, mit der Reklame für *smart water*, das *pure* und *crisp* schmecken soll. Wie kann ein Wasser anders als *rein* (jedenfalls wenn es als Trinkwasser gilt)? Wie kann ein Wasser *knusprig* sein? Ich könnt mich schon wieder aufregen. Auch die Fahrt zur Beerdingung anderntags: Der ICE startet in Berlin bereits mit vierzig Minuten Verspätung. Ach jeh, die Frage, die ich mir am Montag im Fensterlädchen gestellt habe, ist schon jetzt glasklar zu beantworten: Nach Schmannewitz! Scheiß auf Berlin – die Stadt der vollge-schissenen Menschenhäute. (Auch so ein tolles Sachsen-Anhalter Schimpfwort, dass so böse ist, daß ich es mich kaum traue, direkt für jemanden verwenden zu wollen, aber im Plural als Kollektivbezeichnung ist es herz-allerliebst). Ach ja, den Backenzahn werde ich wohl ohne Ende behandelt bekommen: Der Nerv ist tot stellt meine Zahnärztin fest und es steht eine fünfteilige Wurzel-kanalbehandlung an. Ich freue mich jetzt schon. Thorsten hat sein Holz letzten Endes doch geklaut und Veit war froh, als seine Zeit dann auch vorbei war in Schman-newitz. Einige Tage später hat mich auch der Alltag und die Arbeit wieder. Ich bin gespannt, wieviel ich tat-sächlich aus der Reha mitgenommen habe, wenn ein Monat, ein Quartal, ein Jahr vorbei ist. Und ich bin gespannt, wie es bei Veit läuft. Ich hoffe, wir werden mal bald telefonieren und uns austauschen. Die nächste Kur wollen wir gern auf Rügen verbingen, was uns beiden attraktiver erscheint. Schauen wir mal.

**Mein Dank**

gilt Veit, der meine Reha hat erträglich, ja sogar zu einem super Urlaub hat werden lassen und auch den anderen Bekloppten, wie Thorsten, Cäcilie, Roswitha und nicht zuletzt meiner Therapeutin Frau Ebeling. Dann Nicole und Michael, die mein Manuskript überflogen und mir Verbesserungen vorgeschlagen haben, dem RVB Berlin-Brandenburg, welches meinen Antrag genehmigt hat und der Kureinrichtung Median in Schmannewitz, ohne die

die Reha mit Sicherheit ganz anders verlaufen wäre. Wer weiß, ob dann ein Tagebuch gelohnt hätte?

1. Auflage

© Jörg Ingenpaß, 2018, 2024

Alle Rechte vorbehalten, alle Namen geändert

Alle Ähnlichkeiten mit lebenden Personen und
realen Handlungen sind rein mutwillig.

Umschlagsphoto, -design & Satz: Jörg Ingenpaß

Herstellung und Verlag:

BoD – Books on Demand, Norderstedt

ISBN: 9783758329043

Kontakt: j.ingenpass@gmail.com